국어과 선생님이 뽑은

한국 문학읽기
한국고전읽기
세계문학읽기

국어과 선생님이 뽑은 나도향 단편선

물레방아 & 벙어리 삼룡이

dskimp2004@yahoo.co.kr 엮음

국어과 선생님이 뽑은 나도향 단편선
물레방아 & 벙어리 삼룡이

초판 1쇄 | 2012년 5월 15일 발행

저자 | 나도향
엮은이 | dskimp2004@yahoo.co.kr
교정 | 이정민
디자인 | 인지숙
일러스트 | 이혜인 · 김한걸
펴낸이 | 이경자
펴낸곳 | 북앤북

주소 | 서울 마포구 월드컵로 11길 35, 101동 502호
전화 | 02-336-9948
팩시밀리 | 02-337-4315
등록 | 제 313-2008-000016호

ISBN 978-89-89994-71-8 04810
잘못된 책은 구입하신 서점에서 바꾸어 드립니다.

이 책에 수록된 작품의 표기는 '한글 맞춤법'의
규정을 원칙으로 하되 작가 특유의 문체나 방언,
외래어 등은 원본에 따른다.

나도향의 물레방아 & 벙어리 삼룡이를

_____ 에게 드립니다

국어의 **선생님**이 뽑은
문학 읽기
⑨

나도향 단편선

차
례

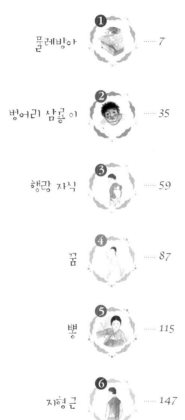

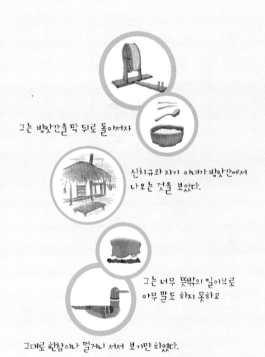

그는 방앗간을 막 뒤로 돌아서자

신치규와 자기 아내가 방앗간에서
나오는 것을 보았다.

그는 너무 뜻밖의 일이므로
아무 말도 하지 못하고

그대로 한참이나 멀거니 서서 보기만 하였다.

❶

물레방아

물레방아

1

덜컹덜컹 홈통에 들었다가 다시 쏟아져 흐르는 물이 육중한 물레방아를 번쩍 쳐들었다가 쿵 하고 확 속으로 내던질 제, 머슴들의 콧소리는 허연 겻가루가 켜켜이 앉은 방앗간 속에서 청승스럽게 들려 나온다.

쏼쏼쏼, 구슬이 되었다가 은가루가 되고 댓줄기같이 뻗치었다가 다시 쾅쾅 쏟아져 청룡이 되고 백룡이 되어 용솟음쳐 흐르는 물이 저쪽 산모퉁이를 십 리나 두고 돌아 다시 이쪽 들 복판을 5리쯤 꿰뚫은 뒤에, 이방원(李芳源)이가 사는 동네 앞 기슭을 스쳐 지나가는데 그 위에 물레방아 하나가 놓여 있다.

물레방아에서 들여다보면 동북간으로 큼직한 마을이 있으니 이 마을에서 가장 부자요, 가장 세력이 있는 사람은 그 이름을 신치규(申治圭)라고 부른다. 이방원이라는 사람은 그 집의 막실(幕室)살이를 하여 가며 그의

땅을 경작하여 자기 아내와 두 사람이 그날그날을 지내
간다.

어떤 가을 밤 유난히 밝은 달이 고요한
이 촌을 한적하게 비칠 때, 그 물레방앗
간 옆에 어떤 여자 하나와 어떤 남자
하나가 서서 이야기를 하는 소
리가 들리었다.

그 여자는 방원의 아내로 지금 나이가 스물두 살, 한
창 정열에 타는 가슴으로 가장 행복스러울 나이의 젊은
여자요, 그 남자는 오십이 반이 넘어 인생으로 살아올
길을 다 살고서 거의 거의 쇠멸의 구렁텅이를 향해 가
는 늙은이다.

그의 말소리는 마치 그 여자를 달래는 것같이,

"애, 내 말이 조금도 그를 것이 없지? 쇤네 할멈에게
서도 자세한 말을 들었을 테지만 너 생각해 보아라. 네
가 허락만 하면 무엇이든지 네가 하고 싶다는 것을 내
가 전부 해 줄 테란 말이야. 그까짓 방원이 녀석하고 네
가 몇백 년 살아야 언제든지 막실 구석을 면하지 못할
테니……. 허허, 사람이란 젊어서 호강해 보지 못하면
평생 한 번 해 보지 못하고 죽을 것이 아니냐. 내가 말
하는 것이 조금도 잘못한 것이 없느니라! 대강 네 말을
쇤네 할멈에게서 듣기는 들었으나 그래도 네게 한 번 바
로 대고 듣는 것만 못해서 이리로 만나자고 한 것이다.

네 마음은 어떠냐? 어디, 허허, 내 앞이라고 조금도 어떻게 알지 말고 이야기해 봐, 응?"

이 늙은이는 두말할 것 없이 신치규다. 그는 탐욕스러운 눈으로 방원의 계집을 들여다보며 한 손으로 등을 두드린다.

새침한 얼굴이 파르족족하고 길다란 눈썹과 검푸른 두 눈 가장자리에 예쁜 입, 뾰로통한 뺨이며 콧날이 오똑한 데다가 후리후리한 키에 떡 벌어진 엉덩이가 아무리 보더라도 무섭게 이지적(理智的)인 동시에 또는 창부형(娼婦型)으로 생긴 것이다.

계집은 아무 말이 없이 서서 짐짓 부끄러운 태를 지으며 매혹적인 웃음을 생긋 웃고는 고개를 돌렸다. 그 웃음이 얼마나 짐승 같은 신치규의 만족을 사게 되었으며 또는 마음을 충동시켰는지 희끗희끗한 수염이 거의 계집의 뺨에 닿도록 더 가까이 와서,

"응? 왜 대답이 없니? 부끄러워서 그러니? 그렇게 부끄러워할 일은 아닌데."

하고 계집의 손을 잡으며,

"손도 이렇게 예쁜 줄은 이제까지 몰랐구나. 참 분결 같다. 이렇게 얌전히 생긴 애가 방원 같은 천한 놈의 계집이 되어 일평생을 그대로 썩는다는 것은 너무 가엾고 아깝지 않느냐? 애."

계집은 몸을 돌리려고 하지도 않고 영감이 하는 대로

내버려 두며 눈으로 땅만 내려다보고 섰다가 가까스로 입을 떼는 듯하더니,

"제 말이야 모두 쉰네 할멈이 여쭈었지요. 저에게는 너무 분수에 과한 말씀이니까요."

"온, 천만에 소리를 다 하는구나. 그게 무슨 소리냐? 너도 아다시피 내가 너를 장난 삼아 그러는 것도 아니겠고, 후사(後嗣)가 없어 그러는 것이니까 네가 내 아들이나 하나 낳아 주렴. 그러면 내 것이 모두 네 것이 되지 않겠니? 자아, 그러지 말고 오늘 허락을 하렴. 그러면 내일이라도 방원이란 놈을 내쫓고 너를 불러들일 테니."

"어떻게 내쫓을 수가 있에요?"

"허어, 그게 그리 어려울 게 뭐 있니. 내가 나가라는데 제가 안 나가고 배길 줄 아니?"

"그렇지만 너무 과하지 않을까요?"

"무엇? 그런 생각을 하니까 네가 이 모양으로 이때까지 있었지. 어떻단 말이냐? 그런 것은 조금도 염려하지 말구. 자아, 또 네 서방에게 들킬라, 어서 들어가자."

"먼저 들어가세요."

"왜?"

"남이 보면 수상히 알 게요."

"뭘, 나하고 가는데 수상히 알 게 뭐야⋯⋯. 어서 가자."

계집은 천천히 두어 걸음 따라가다가,

"영감!"

하고 머춤하고 서 있다.

"왜 그러니?"

계집은 다시 말없이 서 있다가,

"아니에요."

하고,

"먼저 들어가세요."

하며 돌아선다. 영감이 간이 달아서 계집의 손을 잡으며,

"가자, 집으로 들어가자."

그의 가슴은 두근거리는지 숨소리가 잦아진다. 계집은 손을 빼려고 하며,

"점잖으신 어른이 이게 무슨 짓이에요."

하면서도 그 몸짓에는 모든 것을 허락한다는 뜻이 보였다. 영감은 계집의 몸을 끌어안더니 방앗간 뒤로 돌아 들어섰다. 계집은 영감 가슴에 안겨 정욕이 가득 찬 눈으로 그를 보면서,

"영감."

말 한마디 하고 침 한 번 삼키었다.

"영감이 거짓말은 안 하시지요?"

"아니."

그의 말은 떨리었다. 계집은 영감의 팔을 한 손으로 잡고 또 한 손으로는 방앗간 속을 가리켰다.

"저리로 들어가세요."

영감과 계집은 방앗간에서 이삼십 분 후에 다시 나왔다.

2

사흘이 지난 뒤에 신치규는 방원이를 자기 집 사랑 마당 앞으로 불렀다.

"애."

방원은 상전이라 고개를 숙이고,

"예."

공손하게 대답을 하였다.

"네가 그간 내 집에서 정성스럽게 일을 한 것은 고마운 일이지마는……."

점잖과 주짜를 빼면서 신치규는 말을 꺼내었다. 방원의 가슴은 이 '마는'이라는 말 뒤에 이어질 말을 미리 깨달은 듯이 온몸의 피가 가슴으로 모여드는 듯하더니 다시 터럭이라는 터럭은 전부 거꾸로 일어서는 듯하였다.

"오늘부터는 우리 집에 사정이 있어 그러니 내 집에 있지 말고 다른 곳에 좋은 곳을 찾아가 보아라."

아무 조건이 없다. 또한 이곳에서도 할 말이 없다. 죽으라고 하면 죽는 시늉이라도 해야 하는 것이다. 주인은 돈 가지고 사람을 사고팔 수도 있는 것이다.

방원은 가슴이 답답하였다. 자기 혼자 몸 같으면 어디 가서 어떻게 빌어먹더라도 살 수가 있지마는 사랑하는 아내를 구해 갈 길이 막연하다. 그는 고개를 굽히고 허리를 굽히고 나중에는 마음을 굽히어 사정도 해 보고 애걸도 해 보았다. 그러나 그것은 헛된 일이다. 주인의 마음은 쇠나 돌보다도 더 굳었다.

그는 하는 수 없이 자기 아내에게 그 이야기를 하였

다. 그리고 아내더러 안주인 마님께 사정을 좀 하여 얼마간이라도 더 있게 해 달라고 해 보라고 하였다. 그러나 아내는 방원의 말을 들을 리가 없었다. 도리어,

"그러면 어떻게 한단 말이오. 이제부터 나를 어떻게 먹여 살릴 테요?"

"너는 그렇게 먹고살 수가 없을까 봐 겁이 나니?"

"겁이 나지 않고. 생각을 해 보구려. 인제는 꼼짝할 수 없이 죽지 않았소?"

"죽어?"

"그럼, 임자가 나를 데리고 이곳까지 올 때에 무엇이라고 하였소. 어떻게 해서든지 너 하나야 먹여 살리지 못하겠느냐고 하셨지요?"

"그래."

"그래, 얼마나 나를 잘 먹여 살리고 나를 호강시켰소? 이때까지 이태나 되도록 끌구 돌아다닌다는 것이 남의 집 행랑이었지요."

"애, 그것을 네가 모르고 하는 말이냐? 내가 하려고 하지 않아서 그렇게 된 것이냐? 차차 살아가는 동안에 무슨 일이든지 생기겠지. 설마 요대로 늙어 죽기야 하겠니?"

"듣기 싫소! 뿔 떨어지면 구워 먹지, 어느 천년에."

방원이는 가뜩이나 내쫓기고 화가 나는데 계집까지 그리하니까 속에서 열화가 치밀어 올라왔다.

"이 육시를 하고도 남을 년! 남의 마음을 글컹거리니?"

"왜 사람에게 욕을 해!"

"이년아, 욕 좀 하면 어떠냐?"

"왜 욕을 해!"

계집이 얼굴이 노래지며 대든다.

"이년이 발악인가?"

"누가 발악이야. 계집년 하나 건사 못하는 위인이 계집보고 욕만 하고, 한 게 뭐야? 그래, 은가락지 은비녀나 한 벌 사 주어 보았어? 내가 임자 하자고 하는 대로 하지 않은 것은 없지!"

"이년아, 은가락지 은비녀가 그렇게 갖고 싶으냐? 더러운 년아."

"무엇이 더러워? 너는 얼마나 정한 놈이냐!"

계집의 입 속에서는 '놈' 소리가 나오기 시작한다.

"이년 보게! 누구더러 놈이래."

하고 손길이 계집의 낭자를 후려잡더니 그대로 집어 들고 주먹으로 등줄기를 후렸다.

"이 주릿대를 안길 년!"

발길이 엉덩이를 두어 번 지르니까 계집은 그대로 거꾸러졌다가 다시 일어났다. 풀어 헤뜨린 머리가 치렁치렁 끌리고 씰룩한 눈에는 독기가 섞였다.

"왜 사람을 치니? 이놈! 죽여라, 죽여. 어디 죽여 보아라. 이놈, 나 죽고 너 죽자!"

하고 달려드는 계집을 후려쳐서 거꾸러뜨리고서,

"이년아, 죽으려고 기를 쓰나!"

방원이가 계집을 치는 것은 그것이 주먹을 가지고 하는 일종의 농담이다. 그는 주먹이나 발길이 계집의 몸에 닿을 때 거기에 얻어맞는 계집의 살이 아픈 것보다 더 찌르르하게 가슴 복판을 찌르는 아픔을 방원은 깨닫는 것이다. 홧김에 계집을 치는 것이 실상은 자기의 마음을 자기의 이빨로 물어뜯는 것이나 다름이 없는 것이다. 때리는 그에게는 몹시 애처로움이 있고 불쌍함이 있는 것이다.

그러나 자기의 화풀이를 받아 주는 사람은 아직까지도 계집밖에는 없었다. 제일 만만하다는 것보다도 가장 마음놓고 화풀이할 수 있음이다. 싸움한 뒤 하루가 못되어 두 사람이 베개를 나란히 하고 서로 꼭 끼고 잘 때에는 그렇게 고맙고 그렇게 감격이 일어나는 위안이 또다시 없음이다. 계집을 치고 화풀이를 하고 난 뒤에 다시 가슴을 에는 듯한 후회와 더 뜨거운 포옹으로 위로를 받을 그때에는 두 사람 아니라 방원에게는 그만큼 힘있고 뜨거운 믿음이 또다시 없는 까닭이다.

계집은 일부러 소리를 높여서 꺼이꺼이 운다.

온 마을 사람들이 거의 귀를 기울였으나,

"응, 또 사랑싸움을 하는군!"

하고 도리어 그 싸움을 부러워하였다. 옆집 젊은 것이 와서 싱글싱글 웃으며 들여다보며,

"인제 고만두라구."

하며 말리는 시늉을 한다. 동네 아이들만 마당 앞에 죽 늘어서서 눈들이 뚱그레져 구경을 한다.

3

그날 저녁에 방원이는
술이 얼근하여 들어왔다.
아까 계집을 차던 마음은

어느덧 풀어지고 술로 흥분된 마음에 그는 계집의 품이 몹시 그리워져서 자기 아내에게 사과를 할 마음까지 생기었다. 본시 사람이 좋고 마음이 약하고 다정한 그는 무식하게 자라난 까닭에 무지한 짓을 하기는 하나 그것은 결코 그의 성격을 말하는 무지함이 아니다.

그는 비척거리면서 집으로 향하는 길에 거슴츠레하게 풀린 눈을 스르르 내리감고 혼잣소리로,

"빌어먹을 놈! 나가라면 나가지 무서운가? 제 집 아니면 살 곳이 없는 줄 아는 게로군! 흥, 되지 않게 다 무엇이냐? 돈만 있으면 제일이냐? 이놈, 네가 그러다가는

이 주먹맛을 언제든지 볼라. 그대로 곱게 뒈질 줄 아니?"

하고 개천 하나를 건너뛴 후에,

"돈! 돈이 무엇이냐?"

한참 생각하다가,

"에후."

한숨을 쉬고 나서,

"돈이 사람을 죽이는구나! 돈! 돈! 흥, 사람 나고 돈 났지, 돈 나고 사람 났니?"

또 징검다리를 비척비척하고 건넌 뒤에,

"고 배라먹을 년이 왜 고렇게 포달을 부려서 장부의 마음을 긁어 놓아!"

그의 목소리에는 말할 수 없이 다정한 맛이 있었다. 그는 자기 계집을 생각하면 모든 불편이 스러지는 듯이 숙였던 고개를 쳐들어 하늘을 보면서,

"허어, 저도 고생은 고생이지."

하고 다시 고개를 숙인 후,

"내가 너무해. 너무 그럴 게 아닌데."

그는 자기 집에 와서 문고리를 붙잡고 흔들면서,

"애! 자니! 자?"

그러나 대답이 없고 캄캄하다.

"이년이 어디를 갔어!"

그는 문짝을 깨어저라 하고 닫은 후에 다시 길거리로 나와 그 옆집으로 가서,

"여보, 아주머니! 우리 집 색시 어디 갔는지 보았소?"

밥을 먹던 옆엣집 내외는,

"어디서 또 취했소그려! 애 어머니가 아까 머리 단장을 하더니 저 방아께로 갑디다."

"방아께로?"

"네."

"빌어먹을 년! 방아께로는 뭘 먹으러 갔누!"

다시 혼자 방아를 향하여 가면서 혼자 중얼거린다.

그는 방앗간을 막 뒤로 돌아서자 신치규와 자기 아내가 방앗간에서 나오는 것을 보았다.

"아!"

그는 너무 뜻밖의 일이므로 아무 말도 하지 못하고 그대로 한참이나 멀거니 서서 보기만 하였다.

그의 눈에서는 쌍심지가 거꾸로 섰다. 열이 올라와서 마치 주홍을 칠한 듯이 그의 눈은 붉어지고 번개 같은 광채가 번뜩거리었다.

그는 한참이나 사지를 떨었다. 두 이가 서로 마주쳐서 달그락달그락해졌다. 그의 주먹은 부서질 것같이 단단히 쥐어졌다.

계집과 신치규는 방원이 와 선 것을 보고서 처음에는 조금 간담이 서늘해졌으나 다시 태연하게 내려앉았다. 일이 이렇게 되었으니 할 대로 하라는 뜻이다.

방원은 달려들어서 계집의 팔목을 잡았다. 그리고 이

를 악물고 부르르 떨었다.

"나는 네가 이럴 줄은 몰랐다."

계집은,

"뭘 이럴 줄을 몰라?"

하며 파란 눈을 흘겨보더니,

"나중에는 별꼴을 다 보겠네. 으레 그럴 줄을 인제 알았나? 놔요! 왜 남의 팔을 잡고 요 모양이야. 오늘부터는 나를 당신이 그리 함부로 하지는 못해요! 더러운 녀석 같으니! 계집이 싫다고 그러면 국으로 물러갈 일이지, 이게 무슨 사내답지 못한 일이야! 놔요!"

팔을 뿌리쳤으나 분노가 전신에 가득 찬 그는 그렇게 쉽게 손을 놓지 않았다.

"애! 네가 이것이 정말이냐?"

"정말이 아니구, 비싼 밥 먹고 거짓말 할까."

"네가 참으로 환장을 했구나!"

"아니, 누구더러 환장을 했대? 온, 기가 막혀 죽겠지! 놔요! 놔! 왜 추근추근하게 이 모양이야? 놔."

하고서 힘껏 뿌리치는 바람에 계집의 손이 쑥 빠졌다. 계집은 손목을 주무르면서 암상맞게 돌아섰다.

이때까지 이 꼴을 멀찍이 서서 보고 있던 신치규는 두어 발자국 나서더니 기침 한 번을 서투르게 하고서,

"얘! 네가 술이 취했으면 일찍 들어가 자든지 할 것이지 웬 짓이냐? 네 눈깔에는 아무것도 보이는 것이 없단 말이냐? 너희 연놈이 싸우는 것은 너희 연놈이 어디든지 가서 할 일이지 여기 누가 있는지 없는지 눈깔에 보이는 것이 없어?"

"엣, 괘씸한 놈!"

눈깔을 부라리었다. 방원은 한참이나 쳐다볼 뿐, 말이 없었다. 생각대로 하면 한 주먹에 때려눕힐 것이지마는, 그러나 그의 머릿속에는 아까까지의 상전이라는 관념이 남아 있었다. 번갯불같이 그 관념이 그의 입과 팔을 얽어 놓았다. 어려서부터 오늘날까지 남을 섬겨 보기만 한 그의 마음은 상전이라면 모두 두려워하는 성질이 깊이깊이 뿌리를 박아 놓았다.

그러나 오늘부터는 신치규가 자기의 상전이 아니요, 자기가 신치규의 종도 아니다. 다만 똑같은 사람으로 서로 마주섰을 뿐이다. 아니다, 지금부터는 신치규도 방원의 원수였다. 그의 간을 씹어 먹어도 오히려 나머지 한이 있는 원수다.

신치규는 똑바로 쳐다보는 방원을 마주 쳐다보며,

"똑바로 쳐다보면 어쩔 테냐? 온, 세상이 망하려니까 별 해괴한 일이 다 많거든. 어째 이놈아!"

"이놈아?"

방원은 한 걸음 들어섰다. 나무같이 힘센 다리가 성

큼 하고 나설 때 신치규는 머리끝이 으쓱하였다. 쇠몽
둥이 같은 두 주먹이 쑥 앞으로 닥칠 때 그의 가슴은 덜
컥 내려앉았다.

"네 입에서 이놈이라는 소
리가 나오니? 이 사지를 찢
어발겨도 오히려 시원치 못
할 놈! 네가 내 계집을 빼앗으려고 오늘 날더러 나가
라고 그랬지?"

"어허, 이거 그놈이 눈깔이 삐었군. 얘, 나는 먼저 들
어가겠다. 너는 네 서방하구 나중 들어오너라."

신치규는 형세가 위험하니까 슬금슬금 꽁무니를 빼
려고 돌아서서 들어가려 했다. 방원은 돌아서는 신치규
의 멱살을 잔뜩 쥐어 한 팔로 바싹 치켜들고,

"이놈, 어디를 가? 네가 이때까지 맛을 몰랐구나!"

하며 한 번 집어쳐 땅바닥에다가 태질을 한 뒤에 그
대로 타고 앉아서 목줄띠를 누르니까 마치 뱀이 개구리
잡아먹을 적 모양으로 깩깩 소리가 나며 말 한마디 못
한다.

"이놈, 너 죽고 나 죽으면 고만 아니냐."

하고 방원은 주먹으로 사정없이 닥치는 대로 들이팬
다. 나중에는 주먹이 부족하여 옆에 있는 모루 돌멩이
를 집어서 죽어라 하고 내리친다. 그의 팔, 그의 몸에
끓어오르는 분노가 극도에 달하자 사람의 가슴속에 본

능적으로 숨어 있는 잔인성이 조금도 남지 않고 그대로 나타났다. 그의 눈은 마치 펄떡펄떡 뛰는 미끼를 가로채고 앉은 승냥이나 이리와 같이, 뜨거운 피를 보고야 만족한다는 듯이 무섭게 번쩍거렸다. 그에게는 초자연의 무서운 힘이 그의 팔과 다리에 올라왔다.

이 꼴을 보는 계집은 무서웠다. 끔찍끔찍한 일이 목전에 생길 것이다. 그의 맥이 풀린 다리는 마음대로 놓여지지 않았다.

"야! 사람 살류! 사람 살류!"

적적한 밤중 쓸쓸한 마을에는 처참한 여자 목소리가 으스스하게 울리었다. 이 소리를 들은 방원은 더욱 힘을 주어서 눈을 딱 감고 죽어라 내리 짓찧었다. 뼈가 돌에 맞은 소리가 살이 얼크러지는 소리와 함께 퍽퍽 하였다. 피 묻은 돌이 여기저기 흩어지고 갈가리 찢긴 옷에는 살점이 묻었다.

동네 쪽에서는 수군수군하더니 구두 소리가 나며 칼 소리가 덜거덕거렸다. 방원의 머리에는 번갯불같이 무엇이 보였다. 그는 손에 주먹을 쥔 채 잠깐 정신을 차려 그쪽으로 귀를 기울였다.

"순검⋯⋯."

그는 신치규의 배를 타고 앉아서 순검의 구두 소리를 듣자 비로소 자기가 무슨 짓을 하였는지 깨달았다.

그는 미친 사람처럼 일어났다. 그러고는 옆에 서서 벌

벌 떠는 계집에게로 갔다.

"애! 가자! 도망가자! 너하고 나하고 같이 가자! 자, 어서 어서!"

계집은 자기에게 또 무슨 일이 있을까 해 겁내어 도망하려 한다. 방원은 계집을 따라가며,

"애! 애! 네가 이렇게도 나를 몰라주니? 내가 너를 어떻게 생각하는지 알지를 못하니? 자! 어서 도망가자, 어서 어서. 뒤에서 순검이 쫓아온다."

계집은 그대로 서서 종종걸음을 치며,

"싫소! 임자나 가구려! 나는 싫어요, 싫어."

"가자! 응! 가!"

그는 미친 사람처럼 계집의 팔을 붙잡고 끌었다. 그때 누구인지 그의 팔을 마치 형틀에 매다는 것같이 꽉 뒤로 끼어안는 사람이 있었다.

"이놈아! 어디를 가?"

그는 뒤를 돌아보지 않고도 그가 누구인지 알았다. 그는 온몸에 맥이 풀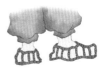

리어 그대로 뒤로 자빠지려 할 때, 어느덧 널빤지 같은 주먹이 그의 뺨을 사정없이 갈겼다.

"정신 차려!"

"네."

그는 무의식적으로 고개가 숙여지고 말소리가 공손해졌다.

땅바닥에는 신치규가 꿈지럭거리며 이리저리 뒹군다. 청승스러운 비명이 들린다. 방원은 포승 지인 채, 계집은 그대로 주재소로 끌려가고 신치규는 머슴들이 업어 들였다.

/

석 달이 지났다. 상해죄(傷害罪)로 감옥에서 복역을 하던 방원은 만기가 되어 출옥을 하였다. 그러나 신치규는 아무 일 없이 자기 집에서 치료하고 방원의 계집을 데려다 산다. 신치규는 온몸이 나은 뒤에 홀로 생각하였다.

'죽은 줄만 알았더니 그래도 이렇게 살아 있으니!'

하고 얼굴에 흠이 진 것을 만져 보며,

'오히려 그놈이 그렇게 한 짓이 나에게는 다행이지, 얼굴이 아프기는 좀 하였으나! 허어.'

'어떻게 그놈을 떼어 버릴까 하고 그렇지 않아도 걱정을 하던 차에 잘 되었지. 그놈 한 십 년 감옥에서 콩밥을 먹었으면 좋겠다.'

방원은 감옥에서 생각하기를, 나가기만 하면 연놈을 죽여 버리고 제가 죽든지 요절을 내리라 하였다.

집에서 내쫓기고 계집까지 빼앗기
고, 그것을 생각하면 이가 갈리고 치
가 떨리었다. 그것이 모두 자기의 돈
없는 탓인 것을 생각하면 더욱 분한
생각이 났다.

"에, 더러운 년!"

그는 홍바지에 쇠사슬을 차고서 일을 할 때에도 가끔
침을 땅에다 뱉으면서 혼자 중얼거렸다.

"사람이 이러고서야 살아서 무엇 하나. 멀쩡한 놈이
계집 빼앗기고 생으로 콩밥까지 먹으니……."

그가 감옥에서 나올 때에는 감옥소를 다시 한 번 돌
아보고, 내가 여기서 마지막으로 목숨을 잃어버리든지
그렇지 않으면 내가 내 손으로 내 목을 찔러 죽든지 무
슨 요정이 날 것을 생각하고 다시 온몸에 힘을 주고 쓸
쓸한 웃음을 웃었다.

그는 이백 리나 되는 길을 걸어서 계집이 사는 촌에
를 왔다. 그러나 아무도 그를 아는 체하는 사람이 없었
다. 전에 친하게 지내던 사람들도 그를 보고 피해 갔다.

마치 문둥병자나 마찬가지 대우를 하였다. 감옥에서
나온 뒤로부터는 더욱 세상이 차디차졌다. 자기가 상상
하던 것보다도 더 무정해졌다. 그는 하는 수 없이 밤이
될 때까지 그 근처 산속으로 돌아다녔다. 그러다가 깊
은 밤에 촌으로 내려왔다. 그는 그 방앗간을 다시 지나

갔다. .

석 달 전 생각이 났다. 자기가 여기서 잡혀갔다는 것을 생각할 때 더욱 억울하고 분한 생각이 치밀어 올라왔다. 그는 한참이나 거기 서서 그때 일을 생각하고 몸서리를 친 후에 다시 그전 집을 찾아갔다.

날이 몹시 추워지고 눈이 쌓였다. 입은 옷은 가을에 입고 감옥에 들어갔던 그것이므로 살을 에는 듯하였으나 그는 분한 생각과 흥분된 마음에 그것도 몰랐다.

'연놈을 모두 처치를 해 버려?'

혼자 속으로 궁리를 하다가,

'그렇지, 그까짓 것들은 살려 두어야 쓸데없는 인생들야.'

하면서 옆구리에 지른 기름한 단도를 다시 만져 보았다. 그는 감격스런 마음으로 그것을 쓰다듬었다. 그는 신치규의 집 울을 넘어 들어갔다. 그의 발은 전에 다닐 적같이 익숙하였다. 그는 사랑을 엿보고 다시 뒤로 돌아서 건넌방 창 밑에 와 섰다. 귀를 기울였으나 아무 말도 들리지 않았다. 그는 손에 칼을 빼 들었다. 그러고는 일부러 뒤 창문을 달각달각 흔들었다.

"그 뉘?"

하고 계집의 머리가 쑥 나오며 문이 열리었다. 그는 얼른 비켜 섰다. 문은 다시 닫혀지고 계집은 들어갔다.

방원의 마음은 이상하게 동요가 되었다. 예쁜 계집의

목소리가 오래간만에 귀에 들릴 때 마치 자기가 감옥에서 꿈을 꿀 적 모양으로 요염하고도 황홀하게 그의 마음을 꾀는 것 같았다. 그는 꿈속에서 다시 만난 것 같고 오래간만에 그를 만나 보매 모든 결심은 얼음같이 녹는 듯하였다. 그래도 계집이 설마 나를 영영 잊어버리랴 하고, 옛날의 정리를 생각할 때 그것이 거짓말이 아니고 무엇이냐는 생각이 났다.

아무리 자기를 감옥에까지 가게 하였다 하더라도 그는 감히 칼을 들어 죽이려는 용기가 단번에 나지 않아서 주저하기 시작하였다.

'아니다. 다시 한 번만 물어보자!'

그는 들었던 칼을 다시 집고 생각하였다.

'거짓말이다, 거짓말이다! 그럴 리가 없다.'

그는 반신반의하였다.

'그렇다. 한 번만 다시 물어보고 죽이든 살리든 하자!'

그는 다시 문을 달각달각하였다. 계집은 이번에도 다시 문을 열고 사면을 둘러보더니 헌 짚신짝을 신고 나왔다.

"뉘요?"

그가 방원이 서 있는 집 모퉁이를 돌아서려 할 제,

"내다!"

하고 입을 틀어막고 칼을 가슴에 대었다.

"떠들면 죽어!"

　방원은 계집의 입을 수건으로 틀어막고 결박한 후 들
쳐 업고서 번개같이 달음질쳤다.
　그는 어느 결에 계집을 업어다가 물레방아 앞에 내려
놓은 후 결박을 풀었다. 그리고 한숨을 쉬었다.
　"나를 모르겠니?"
　캄캄한 그믐밤에 얼굴을 바짝 계집의 코앞에 들이댔
다. 계집은 얼굴을 자세히 보더니,
　"아!"

소리를 지르더니 뒤로 물러섰다.

"조금도 놀랄 것이 없다. 오늘 네가 내 말을 들으면 살려 줄 것이요, 그렇지 않으면 이거야."

하고 시퍼런 칼을 들이대었다. 계집은 다시 태연하게,

"말이요? 임자의 말을 들으렬 것 같으면 벌써 들었지요, 이때까지 있겠소? 임자도 나의 마음을 알지요? 임자와 나와 2년 전에 이곳으로 도망해 올 적에도 전 남편이 나를 죽이겠다고 허리를 찔러 그 흠이 있는 것을 날마다 밤에 당신이 어루만졌지요? 내가 그까짓 칼쯤을 무서워서 나 하고 싶은 것을 못한단 말이오? 힁, 이게 무슨 비겁한 짓이오, 사내자식이. 자! 찌르려거든 찔러 봐아, 자, 자."

계집은 두 가슴을 벌리고 대들었다. 방원은 계집의 태도가 너무 대담하므로 들었던 칼이 도리어 뒤로 움찔할 만큼 기가 막혔다. 그는 무의식중에,

"정말이냐?"

하고 한 걸음 더 가까이 나섰다.

"정말이 아니고? 내가 비록 여자이지마는 당신같이 겁쟁이는 아니라오! 이것이 도무지 무엇이오?"

계집은 그래도 두려웠던지 방원의 손에 든 칼을 뿌리쳐 땅에 떨어뜨렸다.

이 칼이 땅에 떨어지자 방원은 이때까지 용사와 같이 보이던 계집이 몹시 비겁스럽고 더러워 보여 다시 칼을

집어 들고 덤비었다.

"에잇! 간사한 년! 어쩔 테냐? 나하고 당장에 멀리 가지 않을 테냐? 자아, 가자!"

그는 눈물 어린 눈으로 타일러 보기도 하고 간청도 하여 보았다.

"자아, 어서 옛날과 같이 나하고 멀리멀리 도망을 가자! 나는 참으로 내 칼로 너를 죽일 수는 없다!"

계집의 눈에는 독이 올라왔다. 광채가 어두운 밤에 번개같이 번쩍거리며,

"싫어요. 나는 죽으면 죽었지 가기는 싫어요. 이제 나는 고만 그렇게 구차하고 천한 생활을 다시 하기는 싫어요. 고만 물렸어요."

"너의 입으로 정말 그런 말이 나오느냐? 너는 나를 우리 고향에 다시 돌아가지 못하게 만들어 놓고, 나의 모든 것을 다 잃어버리게 한 후에, 또 나중에는 세상에서 지옥이라고 하는 감옥소에까지 가게 했지! 그러고도 나의 맨 마지막 원을 들어 주지 않을 테냐?"

"나는 언제든지 당신 손에 죽을 것까지도 알고 있소! 자! 오늘 죽으나 내일 죽으나 언제든지 죽기는 일반, 이렇게 된 이상 어서 죽이시오."

"정말이냐? 정말이야?"

"정말이오!"

계집은 결심한 뜻을 나타내었다. 방원의 손은 떨리었다. 그리고 그는 눈을 감고,

"에, 여우 같은 년!"

하고 칼끝을 계집의 옆구리를 향하여 힘껏 밀었다. 계집은 이를 악물고,

"사람 죽인다!"

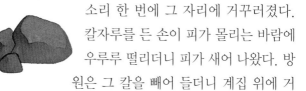

소리 한 번에 그 자리에 거꾸러졌다. 칼자루를 든 손이 피가 몰리는 바람에 우루루 떨리더니 피가 새어 나왔다. 방원은 그 칼을 빼어 들더니 계집 위에 거꾸러져서 가슴을 찌르고 절명하여 버렸다.

②
벙어리
삼룡이

벙어리
삼룡이

/

　내가 열 살이 될락 말락한 때이니까 지금으로부터 십
사오 년 전 일이다.
　지금은 그곳을 청엽정(靑葉町)이라 부르지마는 그때
는 연화봉(蓮花峰)이라고 이름 하였다. 즉 남대문에서
바로 내다보면 오정포(午正砲)가 놓여 있는 산등성이가
있으니 그 산등성이 이쪽이 연화봉이요, 그 새에 있는
동네가 역시 연화봉이다.
　지금은 그곳에 빈민굴이라고 할 수밖에 없이 지저분
한 촌락이 생기고 노동자들밖에 살지 않는 곳이 되어 버
렸으나 그때에는 자기네딴은 행세한다는 사람들이 있
었다.
　집이라고는 십여 호밖에 있지 않았고, 그곳에 사는 사
람들은 대개 과목밭을 하고 또는 채소를 심거나 그렇지
아니하면 콩나물을 길러서 생활을 해 갔었다.

여기에 그중 큰 과목밭을 갖고 그중 여유 있는 생활을 해 가는 사람이 하나 있었는데, 그의 이름은 잊어버렸으나 동네 사람들이 부르기를 오 생원(吳生員)이라고 불렀다.

얼굴이 동탕하고 목소리가 마치 여름에 버드나무에 앉아서 길게 목 늘여 우는 매미 소리같이 저르렁저르렁하였다.

그는 몹시 부지런한 중년 늙은이로, 아침이면 새벽 일찍이 일어나서 앞뒤로 뒷짐을 지고 돌아다니며 집안일을 보살피는데, 그 동네에서는 그가 마치 시계와 같아서 그가 일어나는 때가 동네 사람이 일어나는 때였다. 만일 그가 아침에 돌아다니며 잔소리를 하지 않으면 동네 사람들은 이상히 여겨 그의 집으로 가 보면 그는 반드시 몸이 불편하여 누워 있었다. 그러나 그와 같은 때는 1년 삼백육십오 일에 한 번 있기가 어려운 일이요, 이태나 3년에 한 번 있거나 말거나 하였다.

그가 이곳으로 이사를 온 지는 얼마 되지 아니하나 언제든지 감투를 쓰고 다니므로 동네 사람들은 양반이라고 불렀고, 또 그 사람도 동네 사람에게 그리 인심을 잃지 않으려고 섣달이면 북어쾌·김톳을 동네 사람에게 나눠 주며, 농사 때 쓰는 연장도 넉

넉히 장만한 후 아무 때나 동네 사람들이 쓰게 하므로 그 동네에서는 가장 인심 후하고 존경받는 집인 동시에 세력 있는 집이다.

그 집에는 삼룡(三龍)이라는 벙어리 하인 하나가 있으니, 키가 본시 크지 못하여 땅딸보이고 고개가 달라붙어 몸뚱이에 대강이를 갖다가 붙인 것 같다. 거기다가 얼굴이 몹시 얽고 입이 크다. 머리는 전에 새 꼬랑지 같은 것을 주인의 명령으로 깎기는 깎았으나 불밤송이 모양으로 언제든지 푸 하고 일어섰다. 그래 걸어다니는 것을 보면 마치 옴두꺼비가 서서 다니는 것같이 숨차 보이고 더디어 보인다.

동네 사람들이 부르기를 삼룡이라 부르는 법이 없고 언제든지 '벙어리', '벙어리'라고 하든지 그렇지 않으면 '앵모', '앵모' 한다. 그렇지만 삼룡이는 그 소리를 알지 못한다.

그도 이 집주인이 이리로 이사 올 때 데리고 왔으니, 진실하고 충성스러우며 부지런하고 세차다. 눈치로만 지내는 벙어리지만 말하고 듣는 사람보다 슬기로울 적이 있고 평생 조심성이 있어서 결코 실수한 적이 없다.

아침에 일어나면 마당을 쓸고 소와 돼지의 여물을 먹이며, 여름이면 밭에 풀을 뽑고 나무를 실어 들이고 장작을 패며, 겨울이면 눈을 쓸며, 잔심부름과 진 일 마른 일 할 것 없이 못하는 일이 없다.

그럴수록 이 집주인은 벙어리를 위해 주며 사랑한다.
혹시 몸이 불편한 기색이 있으면 쉬게 하고, 먹고 싶어
하는 듯한 것은 먹이고, 입을 때 입히고 잘 때 재운다.

그런데 이 집에는 삼대독자로 내려오는 아들이 있다.
나이는 열일곱 살이나 아직 열네 살도 되어 보이지 않
고, 너무 귀엽게 기르기 때문에 누구에게든지 버릇이 없
고 어리광을 부리며, 사람에게나 짐승에게 잔인 포악한
짓을 많이 한다.

동네 사람들은,

"후레자식! 아비 속상하게 할 자식! 저런 자식은 없는
것만 못해."

하고 욕들을 한다. 그래서 그의 어머니는 아들이 잘못할 때마다 그의 영감을 보고,

"그 자식을 좀 때려 주구려. 왜 그런 것을 보고 가만두?"

하고 자기가 대신 때려 주려고 나서면,

"아뇨, 아직 철이 없어 그렇지. 저도 지각이 나면 그렇지 않을 것이 아뇨."

하고 너그럽게 타이른다. 그러면 마누라는 왜가리처럼 소리를 지르며,

"철이 없긴 지금 나이가 몇이오. 낼모레면 스무 살이 되는데, 또 며칠 아니면 장가를 들어서 자식까지 날 것이 그래 가지고 무엇을 한단 말이오."

하고 들이대며,

"자식은 꼭 아버지가 버려 놓았습니다. 자식 귀여운 것만 알았지 버릇 가르칠 줄은 모르니까……."

이렇게 싸움만 시작하려 하면 영감은 아무 말도 하지 않고 바깥으로 나가 버린다.

그 아들은 더구나 벙어리를 사람으로 알지도 않는다. 말 못하는 벙어리라고 오고 가며 주먹으로 허구리를 지르기도 하고 발길로 엉덩이를 찬다.

그러면 그 벙어리는 어린 것이 철없이 그러는 것이 도리어 귀엽기도 하고, 또 그 힘없는 팔과 힘없는 다리로 자기의 무쇠 같은 몸을 건드리는 것이 우습기도 하고 앙

증하기도 하여 돌아서서 빙그레 웃으면서 툭툭 털고 다른 곳으로 몸을 피해 버린다.

어떤 때는 낮잠 자는 벙어리 입에다가 똥을 먹인 일도 있었다. 또 어떤 때는 자는 벙어리 두 팔, 두 다리를 살며시 동여매고 손가락과 발가락 사이에 화승불을 붙여 놓아 질겁을 하고 일어나다가 발버둥질을 하고 죽으려는 사람처럼 괴로워하는 것을 보고 기뻐하였다.

이러할 때마다 벙어리의 가슴에는 비분한 마음이 꽉 들어찼다. 그러나 그는 주인의 아들을 원망하는 것보다도 자기가 병신인 것을 원망하였으며, 주인의 아들을 저주한다는 것보다 이 세상을 저주하였다.

그러나 그는 결코 눈물을 흘리지 않았다. 그의 눈물은 나오려 할 때 아주 말라붙어 버린 샘물과 같이 나오려 하나 나오지를 아니하였다. 그는 주인의 집을 버릴 줄 모르는 개 모양으로, 자기가 있어야 할 곳은 여기밖에 없고 자기가 믿을 곳도 여기 있는 사람들밖에 없는 줄 알았다. 여기서 살다가 여기서 죽는 것이 자기의 운명인 줄밖에 알지 못하였다.

자기의 주인 아들이 때리고 지르고 꼬집어 뜯고 모든 방법으로 학대할지라도 그것이 자기에게 으레 있을 줄밖에 알지 못하였다. 아픈 것도 그 아픈 것이 으레 자기에게 돌아올 것이요, 쓰린 것도 자기가 받지 않아서는 안 될 것으로 알았다. 그는 이 마땅히 자기가 받아야 할 것을 어떻게 해야 면할까 하는 생각을 한 번도 해 본 일이 없었다.

그가 이 집에서 떠나가려거나 또는 그의 생활 환경에서 벗어나려는 생각은 한 번도 해 보지 않았다 할지라도, 그는 언제든지 주인 아들이 자기를 학대하고 또는 자기를 못살게 굴 때 그는 자기의 주먹과 또는 자기의 힘을 생각하여 보았다.

주인 아들이 자기를 때릴 때 그는 주인 아들 하나쯤은 넉넉히 제지할 힘이 있는 것을 알았다.

어떠한 때는 아픔과 쓰림이 자기의 몸으로 스며들 때면 그의 주먹은 떨리면서 어린 주인의 몸을 치려 하다가는 그것을 무서운 고통과 함께 꾹 참았다. 그는 속으로,

'아니다. 그는 나의 주인의 아들이다. 그는 나의 어린 주인이다.'

하고 참았다. 그리고는 그것을 얼른 잊어버렸다. 그러다가도 동넷집 아이들과 혹시 장난을 하다가 주인 아들이 울고 들어올 때에는 그는 황소같이 날뛰면서 주인을 위하여 싸웠다. 그래서 동네에서도 어린애들이나 장난꾼들이 벙어리를 무서워하며 감히 덤비지를 못하였다. 그리고 주인 아들도 위급한 경우에는 언제든지 벙어리

를 찾았다. 벙어리는 얻어맞으면서도 기어드는 충견 모양으로 아들을 위하여 싫어하지 않고 힘을 다하였다.

2

벙어리가 스물세 살이 될 때까지 그는 물론 이성과 접촉할 기회가 없었다. 동네의 처녀들이 저를 '벙어리', '벙어리' 하며 괴상한 손짓과 몸짓으로 놀려 먹음을 받을 적에 분하고 골나는 중에도 느긋한 즐거움을 느끼어 본 일은 있었으나 그가 결코 사랑으로써 어떠한 여자를 대해 본 일은 없었다.

그러나 정욕을 가진 사람인 벙어리도 그의 피가 차디찰 리는 없었다. 혹 그의 피는 더욱 뜨거웠을지도 알 수 없었다. 뜨겁다 뜨겁다 못하여 엉기어 버린 엿과 같을지도 알 수 없었다. 만일 그에게 볕을 주거나 뜨거운 열을 준다면 그의 피는 다시 녹을는지도 알 수 없었다.

그가 깜박깜박하는 기름 등잔 아래에서 밤이 깊도록 짚신을 삼을 때면 남모르는 한숨을 아니 쉬는 것도 아니지마는, 그는 그것을 곧 억제할 수 있을 만큼 정욕에 대하여 벌써부터 단념을 하고 있었다.

마치 언제 폭발이 될는지 알지 못하는 휴화산(休火山)

모양으로 그의 가슴속에는 충분한 정열을 깊이 감추어 놓았으나 그것이 아직 폭발될 시기가 이르지 못한 것이었다. 비록 폭발이 되려고 무섭게 격동함을·벙어리 자신도 느끼지 않는 바는 아니지마는 그는 그것을 폭발시킬 조건을 얻기 어려웠으며, 또는 자기가 이때까지 능동적으로 그것을 나타낼 수가 없을 만큼 외계의 압축을 받았으며, 그것으로 인한 이지(理智)가 너무 그에게 자제력(自制力)을 강대하게 하여 주는 동시에 또한 너무 그것을 단념만 하게 해 주었다.

속으로 '나는 벙어리다' 자기가 생각할 때 그는 몹시 원통함을 느끼는 동시에 말하는 사람들과 똑같은 자유와 똑같은 권리가 없는 줄 알았다. 그는 이와 같은 생각에서 언제든지 단념 않으려야 단념하지 않을 수 없는 그 단념이 쌓이고 쌓여 지금에는 다만 한 개의 기계와 같이 이 집에 노예가 되어 있으면서도 그것을 자기의 천직으로 알고 있을 뿐이요, 다시는 자기가 살아갈 세상이 없는 것같이밖에 알지 못하게 된 것이다.

3

그해 가을이다. 주인의 아들이 장가를 들었다. 색시는 신랑보다 두 살 위인 열아홉 살이다. 주인이 본시 자기가 언제든지 문벌이 얕은 것을 한탄하여 신부를 구할 때 첫째 조건이 문벌이 높아야 할 것이었다. 그러나 문벌이 있는 집에서는 그리 쉽게 색시를 내놓을 리가 없었다. 그러므로 하는 수 없이 그 어떤 영락한 양반의 딸을 돈을 주고 사 오다시피 하였으니, 무남독녀의 딸을 둔 남촌 어떤 과부를 꿀을 발라서 약혼을 하고 혹시나 무슨 딴 소리가 있을까 하여 부랴부랴 혼례식을 올려 버렸다.

혼인할 때의 비용도 그때 돈으로 삼만 냥을 썼다. 그리고 아들의 처갓집에 며느리 뒤보아 주는 바느질삯·빨래삯이라는 명목으로 한 달에 이천오백 냥씩을 대어 주었다.

신부는 자기 아버지가 돌아가기 전까지만 해도 금지옥엽같이 기른 터이라 구식 가정에서 배울 것 배우고 읽힐 것 읽혀 못하는 것이 없고, 게다가 본래 인물이라든지 행동거지에 조금도 구김이 있지 아니하다.

신부가 오자 신랑의 흠절이 생기기 시작하였다.

"신부에게 대면 두루미와 까마귀지."

"아직도 철딱서니가 없어."

"색시에게 쥐여 지내겠지."

"신랑에겐 과하지."

동넷집 말 좋아하는 여편네들이 모여 있으면 이렇게 비평들을 한다. 어떤 남의 걱정 잘하는 마누라님은 간

혹 신랑을 보고는 그대로 세워 놓고,

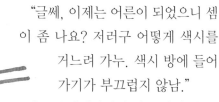

"글쎄, 이제는 어른이 되었으니 셈이 좀 나요? 저러구 어떻게 색시를 거느려 가누. 색시 방에 들어가기가 부끄럽지 않남."

하고 들이대다시피 하는 일이 있다.

이럴 적마다 신랑의 마음은 그 말하는 이들이 미웠다. 일부러 자기를 부끄럽게 하려고 하는 것 같아서 그 후에 그를 만나면 말도 안 하고 인사도 하지 아니한다.

또 그의 고모 되는 이가 와서 자기 조카를 보고,

"인제는 어른이야. 너도 그만하면 지각이 날 때가 되지 않니. 네 처가 부끄럽지 아니하냐."

하고 타이를 적마다 그의 마음은 말하는 사람이 부끄럽다는 것보다도 자기를 이렇게 하게 한 자기 아내가 더욱 밉살머리스러웠다.

"여편네가 다 무엇이냐? 빌어먹을 년이 들어오더니 나를 이렇게 못살게들 굴지."

혼인한 지 며칠이 못 되어 그는 색시 방에 들어가기를 않았다. 집안에서는 야단이 났다.

마치 돼지나 말 새끼를 혼례 시키려는 것같이 신랑을 색시 방으로 집어넣으려 하나 막무가내였다.

그럴 때마다 신랑은 손에 닥치는 대로 집어 때려서 자기의 외사촌 누이의 이마를 뚫어서 피까지 나게 한 일이 있었다.

집안 식구들은 하는 수가 없어 맨 나중으로 아버지에게 밀었다. 그러나 그것도 소용이 없을뿐더러 풍파를 더 일으키게 하였다. 아버지께 꾸중을 듣고 들어와서는 다짜고짜로 신부의 머리채를 쥐어 마루 한복판에 태질을 쳤다. 그리고는,

"이년, 네 집으로 가거라. 보기 싫다. 눈앞에는 보이지도 마라."

하였다. 밥상을 가져오면 그 밥상이 마당 한복판에서 재주를 넘고 옷을 가져오면 그 옷이 쓰레기통으로 나간다.

이리하여 색시는 시집오던 날부터 팔자 한탄을 하며 날마다 밤마다 우는 사람이 되었다.

울면 요사스럽다고 때린다. 또 말이 없으면 빙충맞다고 친다. 이리하여 그 집에는 평화스러운 날이 하루도 없었다.

이것을 날마다 보는 사람 가운데 알 수 없는 의혹을 품게 된 사람이 하나 있으니 그는 곧 벙어리 삼룡이였다.

그렇게 예쁘고 유순하고 그렇게 얌전한, 벙어리의 눈으로 보아서는 감히 손도 대지 못할 만큼 선녀 같은 색시를 때리는 것은 자기의 생각으로는 도저히 풀 수 없는 의심이다.

보기에도 황홀하고 건드리기도 황송할 만큼 숭고한

여자를 그렇게 학대한다는 것은 너무나 세상에 있지 못할 일이다. 자기는 주인 새서방에게 개나 돼지같이 얻어맞는 것이 마땅한 이상으로 마땅하지마는, 선녀와 짐승의 차가 있는 색시와 자기가 똑같이 얻어맞는 것은 너무 무서운 일이다. 어린 주인이 천벌이나 받지 않을까 두렵기까지 하였다.

어떤 달밤, 사면은 고요 적막하고 별들은 드문드문 눈들만 깜박이며 반달이 공중에 뚜렷이 달려 있어 수은으로 세상을 깨끗하게 닦아 낸 듯이 청명한데, 삼룡이는 검둥개 등을 쓰다듬으며 바깥마당 멍석 위에 비슷이 드러누워 하늘을 쳐다보며 생각하여 보았다.

주인 색시를 생각하면 공중에 있는 달보다도 더 곱고 별들보다도 더 깨끗하였다. 주인 색시를 생각하면 달이 보이고 별이 보였다. 삼라만상을 씻어 내는 은빛보다도 더 흰 달이나 별의 광채보다도 그의 마음이 아름답고 부드러운 듯하였다. 마치 달이나 별이 땅에 떨어져 주인 새아씨가 된 것도 같고, 주인 새아씨가 하늘에 올라가면 달이 되고 별이 될 것 같았다.

더구나 자기를 어린 주인이 때리고 꼬집을 때 감히 입 벌려 말은 하지 못하나 측은하고 불쌍히 여기는 정이 그의 두 눈에 나타나는 것을 다시 생각할 때 그는 부들부들한 개 등을 어루만지면서 감격을 느끼었다. 개는 꼬리를 치며 자기를 귀여워하는 줄 알고 벙어리의 손을 핥

앉다.

　삼룡이의 마음은 주인 아씨를 동정하는 마음으로 가
득 찼다. 또는 그를 위하여서는 자기의 목숨이라도 아
끼지 않겠다는 의분에 넘치었다. 그것은 마치 살구를 보
면 입 속에 침이 도는 것같이 본능적으로 느껴지는 감
정이었다.

4

　　　　　　새댁이 온 뒤에 다른 사람들은 자유로운
　　　　　안 출입을 금하였으나, 벙어리는 마치 개
　　　　가 맘대로 안에 출입할 수 있는 것같이
　　　아무 의심 없이 출입할 수가 있었다.
　　　하루는 어린 주인이 먹지 않던 술에 잔뜩
취하여 무지한 놈에게 맞아서 길에 자빠진 것을 업어다
가 안으로 들여다 눕힌 일이 있었다. 그때에 아무도 안
에 있지 않고 다만 새색시 혼자 방에서 바느질을 하고
있다가 이 꼴을 보고 벙어리의 충성된 마음이 고마워서,
그 후에 쓰던 비단 헝겊 조각으로 부시 쌈지 하나를 만
들어 준 일이 있었다.

　이것이 새서방님의 눈에 띄었다. 그래서 색시는 어떤
날 밤 자던 몸으로 마당 복판에 머리를 푼 채 내동댕이
가 쳐졌다. 그리고 온몸에 피가 맺히도록 얻어맞았다.

　이것을 본 벙어리는 또다시 의분의 마음이 뻗쳐 올라왔다. 그래서 미친 사자와 같이 뛰어들어가 새서방님을 내던지고 새색시를 둘러메었다. 그러고는 나는 수리와 같이 바깥사랑 주인 영감 있는 곳으로 뛰어가 그 앞에 내려놓고 손짓과 몸짓을 열 번 스무 번 거푸하며 하소연하였다 .

　그 이튿날 아침에 그는 주인 새서방에게 물푸레로 얼굴을 몹시 얻어맞아서 한쪽 뺨이 눈을 얼러서 피가 나고 주먹같이 부었다. 그 때릴 적에 새서방의 입에서 나오는 말은,

　"이 흉측한 벙어리 같으니, 내 여편네를 건드려!"

　하고 부시 쌈지를 빼앗아 갈가리 찢어 뒷간에 던졌다.

　"그리고 이놈아! 인제는 주인도 몰라보고 막 친다. 이

런 것은 죽어야 해!"

하고 채찍으로 그의 뒷덜미를 갈겨서 그 자리에 쓰러지게 하였다.

벙어리는 다만 두 손으로 빌 뿐이었다. 말도 못하고 고개를 몇 백 번 코가 땅에 닿도록 그저 용서해 달라고 빌기만 하였다. 그러나 그의 가슴에는 비로소 숨겨 있던 정의감(正義感)이 머리를 들기 시작하였다. 그는 그 아픈 것을 참아 가면서도 북받치는 분노를 억제하였다.

그때부터 벙어리는 안방에 들어가지 못하였다. 이 들어가지 못하는 것이 더욱 벙어리로 하여금 궁금증이 나게 하였다. 그 궁금증이라는 것이 묘하게 빛이 변하여 주인 아씨를 뵈옵고 싶은 감정으로 변하였다. 뵈옵지 못하므로 가슴이 타올랐다. 몹시 애상(哀傷)의 정서가 그의 가슴을 저리게 하였다. 한 번이라도 아씨를 뵈올 수가 있으면 하는 마음이 나더니 그의 마음의 넋은 느끼기를 시작하였다.

센티멘틀한 가운데에서 느끼는 그 무슨 정서는 그에게 생명 같은 희열을 주었다. 그것과 자기의 목숨이라도 바꿀 수 있을 것 같았다. 어떤 때는 그대로 대강이로 담을 뚫고 들어가고 싶도록 주인 아씨를 뵈옵고 싶은 것을 꾹 참을 때도 있었다.

그 후부터는 밥을 잘 먹을 수가 없었다. 일도 손에 잡히지 않았다. 틈만 있으면 안으로 들어가고 싶었다.

주인이 전보다 많이 밥과 음식을 주고 더 편하게 하
여 주었으나 그것이 싫었다. 그는 밤에 잠을 자지 않고
집 가장자리로 돌아다녔다.

5

하루는 주인 새서방님이 술에 취
하여 들어오더니 집안이 수선수선
해지며 계집 하인이 약을 사러 갔
다 들어오는 것을 보고 그 계집 하인을
붙잡았다. 그리고 무엇이냐고 물었다.

계집 하인은 한 주먹을 뒤통수에다 대고 얼굴에 쓰다
듬으며 둘째 손가락을 내밀었다. 그것은 그 집 주인은
엄지손가락이요, 둘째 손가락은 새서방님이라는 뜻이
요, 주먹을 뒤통수에 대는 것은 여편네라는 뜻이요, 얼
굴을 문지르는 것은 예쁘다는 뜻으로 벙어리에게 쓰는
암호다.

그런 뒤에 다시 혀를 내밀고 눈을 뒤집어쓰는 형상을
하고 두 팔을 착 벌리고 뒤로 자빠지는 꼴을 보이니, 그
것은 사람이 죽게 되었거나 앓을 적에 하는 말 대신의
손짓이다.

벙어리는 눈을 크게 뜨고 계집 하인에게 한 발짝 가
까이 들어서며 놀라는 듯이 한참이나 있었다.

그의 가슴은 무섭게 격동하였다. 자기의 그리운 주인 아씨가 죽었다는 말이나 아닌가, 그는 두 주먹을 마주 치며 한숨을 쉬었다. 그러고는 자기 방에서 무엇을 생각하는 것처럼 두어 시간이나 두 눈만 껌벅껌벅하고 앉았었다.

그는 밤이 깊어 갈수록 궁금증 나는 사람처럼 일어섰다 앉았다 하더니 2시나 되어서 바깥으로 나가서 뒤로 돌아갔다.

그는 도둑놈처럼 조심스럽게 바로 건넌방 뒤 미닫이 앞 담에 서서 주저주저하더니 담을 넘었다. 가까이 창 앞에 서서 문틈으로 안을 살피다가 그는 진저리를 치며 물러섰다.

어두운 밤에 그의 손과 발이 마치 그 뒤에 서 있는 감나무 잎같이 떨리더니 그대로 문을 박차고 뛰어들어 갔을 때, 그의 팔에는 주인 아씨가 한 손에 길다란 명주 수건을 들고서 한 팔로 벙어리의 가슴을 밀치며 뻗디디었다. 벙어리는 다만 눈이 뚱그레서 '에헤.' 소리만 지르고 그 수건을 뺏으려 애쓸 뿐이다.

집안이 야단났다.

"집안이 망했군!"

"어디 사내가 없어서 벙어리를!"

"어떻든 알 수 없는 일이야!"

하는 소리가 이 구석 저 구석에서 수군댄다.

6

그 이튿날 아침에 벙어리는 온몸이 짓이긴 것이 되어 마당에 거꾸러져 입에서 피를 토하며 신음하고 있었다. 그 곁에서는 새서방이 쇠줄 몽둥이를 들고서 문초를 한다.

"이놈!"

하고는 음란한 흉내는 모조리 하여 가며 건넌방을 가리킨다. 그러나 벙어리는 손을 내저을 뿐이다. 또 몽둥이에는 살점이 묻어 나왔다. 그리고 피가 흘렀다.

벙어리는 타들어가는 목으로 소리도 못 내며 고개만 내젓는다. 그는 피를 토하며 거꾸러지며 이마를 땅에 비비며 고개를 내흔든다. 땅에는 피가 스며든다. 새서방은 채찍 끝에 납 뭉치를 달아서 가슴을 훔쳐 갈겼다가 힘껏 잡아 뽑았다. 벙어리는 그대로 거꾸러지며 말이 없었다.

새서방은 그래도 시원치 못하였다. 그는 벙어리가 새로 갈아 놓은 낫을 들고 달려왔다. 그는 그 시퍼렇게 날 선 낫을 번쩍 들었다. 그래서 벙어리를 찌르려 할 제 벙어리는 한 팔로 그것을 받았고, 집안 사람들은 달려들었다. 벙어리는 낫을 뿌리쳐 저리로 내던졌다.

주인은 집안이 망하였다고 사랑에 누워서 모든 일을 들은 체 만 체 문을 닫고 나오지를 아니하며, 집 안에서

는 색시를 쫓는다고 야단이다.

　그날 저녁에 벙어리는 다시 끌려 나왔다. 그때에는 주인 새서방이 그가 입던 옷과 신을 주며 눈을 부릅뜨고 손을 멀리 가리키며,

　"가! 인제는 우리 집에 있지 못한다."

　하였다. 이 소리를 들은 벙어리는 기가 막혔다. 그에게는 이 집 외에 다른 집이 없다. 살 곳이 없었다. 자기는 언제든지 이 집에서 살고 이 집에서 죽을 줄밖에 몰랐다. 그는 새서방님의 다리를 껴안고 애걸하였다. 말도 못하는 것을 몸짓과 표정으로 간곡한 뜻을 표하였다.

그러나 새서방님은 발길로 지르고 사람을 불렀다.

"이놈을 좀 내쫓아라."

벙어리는 죽은 개 모양으로 끌려 나갔다. 그리고 대갈빼기를 개천 구석에 들이박히면서 나가곤드라졌다가 일어서서 다시 들어오려 할 때에는 벌써 문이 닫혀 있었다. 그는 문을 두드렸다. 그의 마음으로는 주인 영감을 찾았으나 부를 수가 없었다. 그가 날마다 열고 날마다 닫던 문이 자기가 지금은 열려고 하나 자기를 내쫓고 열리지를 않는다.

자기가 건사하고 자기가 거두던 모든 것이 오늘에는 자기의 말을 듣지 않는다. 어려서부터 지금까지 모든 정성과 힘과 뜻을 다하여 충성스럽게 일한 값이 오늘에는 이것이다.

그는 비로소 믿고 바라던 모든 것이 자기의 원수란 것을 알았다. 그는 모든 것을 없애 버리고 자기도 또한 없어지는 것이 나은 것을 알았다.

그날 저녁 밤은 깊었는데 멀리서 닭이 우는 소리와 함께 개 짖는 소리만이 들린다. 난데없는 화염이 벙어리가 있던 오 생원 집을 에워쌌다. 그 불을 미리 놓으려고 준비하여 놓았는지 집 가장자리로 쭉 돌아가며 흩어 놓은 풀에 모조리 달라붙어 공중에서 내려다보면 집의 윤곽이 선명하게 보일 듯이 타오른다.

불은 마치 피 묻은 살을 맛있게 잘라 먹는 요마(妖魔)

의 혓바닥처럼 날름날름 집 한 채를 삽시간에 먹어 버
렸다. 이와 같은 화염 속으로 뛰어들어 가는 사람이 하
나 있으니 그는 다른 사람이 아니라 낮에 이 집을 쫓겨
난 삼룡이다.

　그는 먼저 사랑에 가서 문을 깨뜨리고 주인을 업어다
가 밭 가운데 놓고 다시 들어가려 할 제 그의 얼굴과 등
과 다리가 불에 데어 쭈그러지는 것을 알지 못하였다.

그는 건넌방으로 뛰어들었다. 그러나 색시는 없었다. 다시 안방으로 뛰어들었다. 그러나 또 없고 새서방이 그의 팔에 매달려 구원하기를 애원하였다. 그러나 그는 그것을 뿌리쳤다. 다시 서까래에 불이 붙어 시뻘겋게 타면서 그의 머리에 떨어졌다. 그러나 그는 그것을 몰랐다. 부엌으로 가 보았다. 거기서 나오다가 문설주가 떨어지며 왼팔이 부러졌다. 그러나 그것도 몰랐다. 그는 다시 광으로 가 보았다. 거기도 없었다.

그는 다시 건넌방으로 들어갔다. 그때야 그는 색시가 타 죽으려고 이불을 쓰고 누워 있는 것을 보았다. 그는 색시를 안았다. 그러고는 길을 찾았다. 그러나 나갈 곳이 없었다. 그는 하는 수 없이 지붕으로 올라갔다. 그는 비로소 자기의 몸이 자유롭지 못한 것을 알았다.

그러나 그는 자기가 여태까지 맛보지 못한 즐거운 쾌감을 자기의 마음에 느끼는 것을 알았다. 색시를 자기 가슴에 안았을 때 그는 이제 처음으로 살아난 듯하였다. 그가 자기의 목숨이 다한 줄 알았을 때, 그 색시를 내려놓을 때에는 그는 벌써 목숨이 끊어진 뒤였다. 집은 모조리 타고 벙어리는 색시를 무릎에 뉘고 있었다.

그의 울분은 그 불과 함께 사라졌을는지! 평화롭고 행복스러운 웃음이 그의 입 가장자리에 엷게 나타났을 뿐이다.

❸
행랑 자식

행랑 자식

어떤 날 춥고 바람 많이 불던 겨울밤이었다. 박 교장의 집 행랑에서 글 읽는 소리가 나더니 꺼져 가는 촛불처럼 차츰차츰 소리가 가늘어진다. 그러다가는 다시 옆에서 어린애 입에 젖꼭지를 물리고서 졸음 섞어 꽥 지르는 목소리로

"어서 읽어!"

하는 어머니 소리에 다시 글 소리는 굵어진다.

나이는 열두 살, 보통학교 4년 급에 다니는 진태(鎭泰)라는 아이이니, 그 박 교장의 집 행랑아범의 아들이다. 왱왱 외던 글 소리는 단 2분이 못 되어 다시 사라졌다. 그리고는 동네 집 시계가 열한 시를 치는 소리가 들리더니 사면은 고요하였다.

이튿날 날이 밝은 뒤에 보니까 온 마당, 지붕, 나뭇가지에 눈이 함박같이 쏟아졌다. 그런데 아직까지도 눈이 다 끝나지 않고 보슬보슬 싸라기눈이 내려온다.

진태는 문 뒤에 세워 놓았던 모지랑비를 들고 나섰다. 처음에는 새로 빨아 펼쳐 놓은 하얀 요 위에 뒹구는 것처럼 몸이 가볍고 마음 상쾌한 기분으로 빗자루를 들었으며, 모지랑비와 약한 자기 팔로써 능히 그 많은 눈을 치워버릴 줄 알았으나 두어 삼태기를 가까스로 퍼 버리고 나니까 팔이 떨어지는 것 같고 허리가 부러지는 듯하였다. 그러나 아니 칠 수는 없었다. 날마다 아침에 일어나서 마당을 쓰는 것이 자기의 직분이다.

어머니는 안으로 밥을 지으러 들어가고 아버지는 병문으로 인력거를 끌러 나갔다.

한두 삼태기를 개천에 부은 후에 다시 세 삼태기를 들고서 끙끙하면서 개천으로 간다. 두 손끝은 눈에 녹아서 닭을 튀해 뜰 때 발 허물 벗겨내듯 빠지는 듯하고 발끝은 저려서 토막을 내는 듯하다. 그는 발을 억지로 옮겨 놓았다. 눈이 든 삼태기가 자기를 끌고 가는 듯하였다.

그렇게 그가 길 중턱까지 갔을 때 그의 팔은 힘은 차차 없어지고 다리에 맥이 확 풀리었다. 그래서 그는 손에 들었던 눈 삼태기를 탁 놓쳤다. 그러자 누구인지,

"이걸 좀 봐라!"

하는 어른의 호령 소리가 바로 자기 머리 위에서 들리자 고개를 쳐들고 보니까 교장 어른이 아침 일찍이 어디를 다녀오시다가 발등에다가 눈을 하나 잔뜩 덮어쓰

시고 역정 나신 얼굴로 자기를 내려다보고 계신다.

진태는 그만 얼굴이 홧홧해졌다. 그리고 아무 말도 못하고 그대로 멀거니 서 있었다. 그는 무엇으로 그 미안한 것을 풀어야 좋을지 알지 못하였다. 그러다가 하얀 새 버선에 검은 흙이 섞인 눈이 묻어 있는 것을 보고서 자기의 손으로 그것을 털어 드리면 얼마간 자기의 죄가 용서되리라 하고서 허리를 구부려 두 손으로 그 버선등을 털어 드리려 하였다.

그러나 교장은 한 발을 탁 구르시더니,

"고만두어라. 더 더럽힌다."

하시고서,

"엥!"

하시며 안으로 들어가셨다. 진태는 무참하였다. 손에는 어제 저녁에 습자 쓰다가 묻은 먹이 꺼멓게 묻어 있다. 털어 드리면 잘못을 용서하실 줄 알았더니 더 더러워진다고 핀잔을 주시고 역정을 더 내시는 것 같다. 그래서 그는 어떻게 해야 좋을지 알지 못하여 그대로 멀거니 서 있었다. 무참을 당하여 얼굴도 홧홧하고 두 손에서는 불이 난다.

그래서 그는 안으로 들어가지 못하고 자기 방으로 들어가는데 안마루 끝에서 주인마님이,

"아, 그 애 녀석도, 눈이 없던가? 왜 앞을 보지 못해?"

하는 소리를 듣고서는 쥐구멍으로라도 들어가 버리

고 싶도록 온몸이 옴츠러졌다. 그리고 또 자기 뒤로 따라나오며 주먹을 들고서 때리려 덤비는 자기 어머니가,

"이 망할 녀석, 눈깔을 어따 팔아먹고 다니느냐?"

하고 덤비는 듯하므로 질겁하여 방 안으로 들어갔다.

아니나 다를까, 조금 있더니 보기 싫은 젖퉁이를 털럭털럭하면서 어머니가 쫓아 나왔다.

"이 망할 녀석, 눈깔이 없니? 나리마님 새 버선에다가 그것이 무엇이냐? 왜 그렇게 질뚱바리냐, 사람의 자식이."

어머니는 그래도 말이 적었다. 그리고는 곧 다시 안으로 들어갔다.

진태는 간이 콩알만하게 무서운 것은 둘째 쳐 놓고 웬일인지 분한 생각이 난다. 아무리 생각을 해도 자기 잘못 같지는 않다. 자기가 눈 삼태기를 들고 가는데 교장 어른이 딴 생각을 하면서 오시다가 닥달린 것이지, 자기가 한눈을 팔다가 그리한 것은 아니다.

그래서 웬일인지 호소할 곳이 없어 그는 그대로 방바닥에 엎드러졌다. 그리고는 고개를 두 팔로 얼싸안고 자꾸자꾸 울었다. 그는 눈물이 방바닥에 떨어지는 것을 알았다. 삿자리 깐 밑으로 흙내가 올라오는 것을 맡았다.

그리고는 어머니도 걱정을 하고 아버지도 걱정을 할

터요, 더구나 아버지가 이것을 알면 돌짝 같은 손으로 얻어맞을 것을 생각하니 몸서리가 난다. 그는 신세 한 탄할 문자도 모르고 말도 모른다. 어떻든 억울하고 분 하였다. 그렇다고 어디 가서 호소할 데도 없었고 분풀 이할 곳도 없었다.

그는 방바닥에 한참 엎드려서 느껴 가면서 울고 있을 때 방문이 펄쩍 열렸다. 그는 깜짝 놀랐으나 돌아다보 지도 않았다. 그의 생각에는 그 문 여는 사람이 어머니 려니 하였다. 그래서 약한 마음에 이렇게 우는 것을 보 면 어머니는 나를 위로하여 주려니 하였다. 그래서 어 머니가 일어나라고 하기만 기다렸다.

그러나 한참 아무 소리가 없더니,

"애!"

하고 험상스럽게 부르는 사람은 자기 아버지다. 그는 위로 받기는커녕 벼락이 내릴 것을 그 찰나에 예감하였 다. 그는 눈물이 쏙 들어가고 온몸이 섬뜩하였다.

이번에는 꽥 지르는 소리로,

"애, 일어나거라, 이것아."

하는 아버지의 성난 얼굴이 엎드린 속으로 보인다. 그 는 그러나 벌떡 일어나지는 못하였다. 자기 눈 가장자 리에는 눈물이 묻었다. 그 눈물을 보면 반드시 그 우는 곡절을 물을 터이다. 그 대답을 하면 결국은 벼락이 내 릴 터이다. 그래서 일어나지도 못하고 그대로 있지도 못하고 그의 가슴은 초조하였다.

 두 발이 성큼 방 안으로 들어오는 듯하더니 무쇠 갈고리 같은 손이 자기 저고리 동정을 꿰뚫어 번쩍 쳐들었다. 그는 쇠관에 매달린 쇠고기 모양으로 반짝 들리었다.

"울기는 왜 우니?"

하는 그의 아버지도 자식 우는 것을 볼 때 어떻든 그 눈물을 동정하는 자정(慈情)이 일어나는지 목소리가 조금 낮아지며 또는 웃음이 섞이었으니, 그것은 그 눈물나는 마음을 위로하려는 본능이다.

"왜 울어?"

대답이 없다.

"글쎄, 왜 우니?"

가슴은 타나 대답할 수는 없었다.

"엄마가 때려 주든?"

진태는 고개를 흔들며 느껴 울었다.

"그러면 왜 우니? 꾸지람을 들었니?"

"아……뇨."

진태는 다시 고개도 흔들지 않았다.

"그럼 왜 울어. 말을 해!"

아버지는 화가 나는 것을 참았다.

"이 자식아! 말을 해라. 왜 벙어리가 되었니? 말이

없게!"

하고서는 무슨 생각을 하였는지 여러 번 타일러 보다가,

"웬일야!"

하고 혼잣말을 하더니 바깥으로 나간다. 그것은 근자에 볼 수 없는 늘어진 성미였다. 아마 어멈에게 물어볼 작정이었던 것이다.

아범은 문밖으로 나갔다. 그러더니 다시 들어오며,

"삼태기 어쨌니? 응, 삼태기?"

하며 안팎으로 들락날락하는 서슬에 안 부엌에서 어멈이 설거지를 하면서,

"왜 아까 진태가 마당을 쓴다고 가지고 나갔는데……."

하고,

"걔더러 물어보구려."

한다. 아범은 화가 나는 듯이,

"그런데 쭉쭉 울고 있으니 무엇이라고 그랬나?"

하며 어멈을 본다.

그러자 안마루에서 마님이 무엇을 보다가 운다는 소리를 듣더니 미안한 생각이 났던지,

"아까 눈인가 무엇인가 친다고 나리마님 발등에다가 눈을 쏟아뜨렸다네. 그래서 어멈이 말마디나 한 게지."

아범의 눈은 실룩해졌다. 그리고는 잡아먹을 짐승에게 덤비려는 호랑이 모양으로 고개가 쑥 내밀리더니 어

깨가 으쓱 올라간다. 그리고는 아무 말 없이 바깥 행랑으로 나간다.

바깥으로 나온 아범은 다짜고짜로 방문을 열어젖뜨렸다. 그의 생각에는 주인의 발등에 눈 엎는 것은 오히려 둘째다. 삼태기 하나 잃어버린 것이 자기 자식을 쳐죽이고 싶도록 아깝고 분하고, 망할 자식이다.

"이 녀석."

자기 아들을 움켜잡았다.

"이리 나오너라."

진태는 두 손 두 다리를 가슴에다 모으고서 발발 떨면서 자기 아버지만 쳐다본다.

"이 망할 자식, 울기는 애비를 잡아먹었니, 에미를 잡아먹었니? 식전 아침부터 훌쩍훌쩍 울게."

하더니 돌덩이 같은 주먹이 그의 등줄기를 보기 좋게 올렸다.

"에그, 아버지, 에그, 아버지."

하며 볶아치는 소리가 줄을 대어 나왔으나 그 뒷말은 없다. 매를 맞는 진태도 잘못했습니다를 조건 없이 할 수는 없었다.

"뭐야, 아버지? 이 녀석! 이 망할 자식."

하고서는 사정없이 들이찬다.

울고 호령하는 소리가 야단스럽게 나니까 어멈이 안에서 뛰어나오며,

"인제 고만두, 고만둬요. 요란스럽소."

하고 만류를 하나,

"이게 왜 이래. 가만있어. 저리 가요."

하고 팔꿈치로 뿌리치고는,

"이놈아! 그래, 눈깔이 없어서 나리마님 버선에다가 눈을 들이부어 놓고 또 무엇에 마음이 팔려서 삼태기는 밖에다가 놓아 두어 잃어버리게 했니? 응, 이 집안 망할 자식!"

아범의 손이 자기 아들의 볼기짝, 등어리, 넓적다리 할 것 없이 사정없이 때릴 때마다 어린 살에는 푸르게 멍이 들고 피가 맺힌다.

그러할 때마다 아범의 목소리는 더한층 높아지고 떨리고 슬픔과 호소가 엉키었다. 그는 자기 아들을 때릴 때마다 눈앞에서 자기 손에 매달려 애걸하는 자기 아들이 보이지 않고 안방 아랫목에 앉아 있는 주인 나리가 보인다. 그리고는 자기 아들을 때리는 것 같지 않고 자기 주인 나리를 욕하고 원망하고 주먹질하고 싶었다.

"인제 고만 좀 두."

하는 어멈은 자식을 가로챘다. 그래 가지고는 다시 자기 아들을 껴안았다.

그날 해가 세 시나 넘어 네 시가 되었다. 진태는 학교에 다녀왔다. 앞대문을 들어오려다 보니까 새로이 삼태기 하나를 사다 놓은 것이 눈에 띄었다. 싸리나무로 얽은 누렇고 붉은 삼태기를 볼 때, 그의 매 맞은 자리가 다시 아프고 얼얼하다.

툇마루에 걸터앉으니까 어머니는 상에다 밥을 차려 가지고 방으로 들어오라고 부른다. 방 안에는 모닥불이 재만 남았는데 인두 하나 꽂혀 있고 또 다 식은 화젓가락과 부삽 하나가 꽂혀 있다.

어머니는 누더기 천에다가 작년에 낳은 어린아이를 안고서 젖을 먹인다. 어린애는 젖꼭지를 물고서 입을 오물오물하면서 한 손으로 다른 쪽 젖꼭지를 만진다.

진태는 그 동생을 볼 때 말없이 귀여웠다. 그래서 손가락으로 볼따구니도 건드려 보고 어꾸어꾸 혓바닥 소리를 내어서 얼러 보기도 하였다. 어린애는 방싯 웃었다. 그리고는 젖꼭지를 쏙 빼고서 진태를 돌아봤다.

어머니는 침착한 얼굴로 어린애 손가락만 만지고 있더니,

"옛다."

하고 어린애를 내밀면서,

"좀 업어 주어라."

하고서 어린애를 곤두세운다. 그러자 진태는,

"밥도 안 먹고?"

하고서 얼른 어린애를 업었다. 그러나 진태의 집에는

아직 밥을 짓지 않았다. 어머니는 안에 들어가 밥을 지으려 하기는 해도 우리 먹을 밥은 지으려 하지 않는다.

진태는 어머니가 안으로 들어간 후 어린애를 업고서 방 안으로 왔다 갔다 하면서, 밥을 짓지 않으니 아마 쌀이 없나 보다 하였다. 그리고는 아버지가 얼른 돌아와야 할 것이라 하였다.

진태는 뚫어진 창틈으로 바깥을 내다보면서 아버지가 혼자 인력거를 끌어서 쌀 팔 돈을 가지고 오지나 않나 하고서 고대하였다.

그래도 미심하여서 그는 쌀 넣어 두는 항아리를 들여다보았다. 들여다보니까 겨 묻은 쌀바가지가 텅 빈 시꺼먼 항아리 속에 들어 있을 뿐이다. 진태는 힘없이 뚜껑을 덮고서 섭섭한 마음으로 방 안을 왔다 갔다 하였다. 어린애는 등에서 꼼지락꼼지락하고서 두 발을 비빈다.

"오늘도 또 밥을 하지 못하는구나."

하고서 펄덕펄덕하는 문을 열고 쪽마루로 내려왔다.

내려와서는 냄비가 걸려 있는 아궁이 밑을 보았다. 거기에는 타다 남은 푼거리 장작이 두어 개 잿속에 남아 있다.

그는 다시 장작 갖다 놓아두는 부엌 구석을 보았다. 거기에는 부스러기 나무도 없다.

바람은 쓸쓸스러운 행랑의 씻은 듯한 살림살이를 핥

고 지나가고, 으스름하게 어두워지는 저녁날은 저녁
못 지을 것을 생각하고 섭섭한 감정을 머금은 진태의 어
린 마음을 눈물 나게 한다.

　조금 있다가 어머니는 허둥지둥 나왔다. 아마 부엌에
불을 지피고 나온 모양이다. 진태의 눈에는 아궁이에서
타 나오는 장작불을 한 발로 툭툭 차 넣던 어머니의 짚
신발이 보인다.

　어머니는 나오면서 등에 업힌 어린애를 보더니,

"에그, 추워! 저런, 무엇을 좀 씌어 주려무나!"
하고서,

"남바위 어쨌니? 손이 다 나왔구나."

하더니 방으로 들어가 진태가 돌에 쓰던 것이니까 십 년이나 되는 남바위를 들고 나온다. 털은 다 빠지고 비단은 다 삭았다.

어머니는 그것으로 어린애를 씌어 주고 다시 문밖을 내다보고 5분이나 서 있었다. 진태도 그 서 있는 의미를 짐작하였다. 아버지 돌아오기를 기다리는 것이다.

그러다가 어머니는 갑자기 덜미에서 누가 딱, 하고 놀라는 것처럼 깜짝 놀라며 다시 안으로 들어가려고 돌아섰다. 그때 진태는,

"저녁 하지 않우?"

하고서 어머니 뒤를 따라 들어갔다. 어머니는 화가 나고 초조하던 판에,

"밥도 쌀이 있고 나무가 있어야지."

하고 소리를 꽥 지른다. 진태 잔등에 업혀 있던 어린애가 깜짝 놀라며 와아 운다. 진태는 어린애를 주춤주춤 추슬러 달래면서 아무 말 못하고 섰다.

어머니는 다시 안으로 들어갔다. 진태도 따라 들어갔다. 그리고는 부엌 앞에 앉아서 불을 넣고 앉았다.

날이 어둡고 전깃불이 켜졌으나 밥은 짓지 못하였다.

그리고 아버지도 아직 돌아오지를 않는다.

　진태 어머니가 상을 차려 드리고 바깥으로 나오려고 하니까 마님이,

　"어멈!"

　하고 부르신다.

　"예."

　하고서 어멈은 문을 열려다가 다시 돌아다 보았다.

　"오늘 저녁을 하였나?"

　어멈은 조금 주저하다가,

　"먹을 것 있에요."

　하고서 부끄러운 웃음을 웃었다.

　"아범 들어왔나?"

　"아직 안 들어왔에요."

　"그럼 저녁도 짓지 못하였겠네그려."

　어멈은 아무 말도 없었다. 마님은 벌써 알아채고서,

　"그래서 되겠나? 어린것들이 견디겠나."

　하고서,

　"자, 이것이나……."

　하고서 상 끝에 먹다 남은 밥을 이 그릇에서 저 그릇으로 모아 놓으면서,

　"그놈도 들어오라구 그래. 불도 안 땐 모양이지? 추워서들 견디겠나. 어른은 괜찮겠지마는 어린애들이……."

　하고서,

"어서 그놈도 들어오라고 해!"

하며 어멈을 쳐다본다. 어멈은 다행히 여겨 바깥으로 나오며,

"얘, 진태야!"

하며 진태를 부른다.

"왜 그러세요."

진태는 문밖에 섰다가 문 안으로 들어오며 묻는다.

"들어가자."

"어디로?"

"안으로 말이야. 마님이 밥 먹으러 들어오라신다."

진태의 얼굴은 당장에 새빨개지더니,

"왜, 아버지 들어오시거든 밥을 지어 먹지."

"언제 들어오시니."

"언제든 들어오시겠지."

"들어가 — 부르시니."

진태는,

"싫어요."

하고서 돌아섰다. 진태의 마음에는 아까 아침에 나리의 버선등을 더럽힌 것을 생각하며 다시 마님의 낯을 뵈옵기도 부끄럽거니와, 아무것도 잘못한 것이 없는데 아버지에게 매를 맞게 한 것이 분하기도 하였다. 그런데다가 안방에는 자기와 동갑 되는 교장의 딸이 자기와 같은 학교 여자부에 다니는데, 그 계집애 보기에 매 맞은

것이 부끄럽다.

"애! 나중에는 별소리를 다 듣겠네, 어서 들어가자."

어머니는 재촉을 한다.

"어서 들어가."

진태는 심술궂게,

"싫어요. 나는 밥 얻어먹으러 들어가기는 싫어요."

하고 소리를 질렀다.

"빌어먹을 녀석. 기다리셔! 안에서……."

"기다리시거나 말거나 나는 안 들어가요."

어멈 마음에도 자기 아들의 말하는 것이 잘못이 아니었다. 그리고 꾸짖기는 고사하고 동정할 만한 일이었으나, 그래도 당장에 배고파 할 것과 또는 자기도 밥을 먹어야만 어린애 젖을 먹일 것이다. 그래서 자기 아들의 굳은 의지를 어머니 된 위력으로 꺾지 않을 수 없었다.

"안 들어갈 터이냐?"

그 말을 하고 부지깽이를 찾는 척할 때, 그는 웬일인지 하지 못할 짓을 하는 비애를 깨달았다.

"싫어요."

진태는 우는 소리로 거절하였다.

"싫으면 밥을 굶을 터이냐?"

"굶어도 좋아요."

"어디 보자, 어린애나 이리 내라."

어린애를 안고서 어머니는 안으로 밥을 얻어먹으러

들어갔다. 그러나 진태는 방에 들어가 깜깜한 속에 드
러누워 있었다.

그날 어쩌 그렇게도 섧고 분하고 쓸쓸한지 모르겠다.

어째 이런가 하는 생각이 난다. 그리고 아
버지나 얼핏 들어왔으면 좋겠다 하였다.

십 분이 못 되어 어머니는 다시 나왔다.

"애!"

하고 문을 열고 고개를 들이밀며,

"마님이 들어오라신다. 어서, 어서."

진태는 그대로 누운 채 다시 돌아누우며,

"싫어요. 안 들어가요."

"나리가 걱정하셔."

"싫어요, 글쎄."

어멈은 다시 들어갔다. 그리고 5분이 못 되어 또 나
오는 소리가 들렸다. 그러더니 이번에는 문을 열고서,

"그럼, 옛다!"

하고 무엇을 내민다.

진태는 방바닥이 차디차고 찬바람이 문틈으로 스며
들어오는 것을 막기 위하여 이불을 내리덮고 새우잠을
자다가 어머니 소리를 듣고서,

"무엇예요?"

하다가 얼른 목소리를 잡아당겼다.

"자! 밥이다. 먹고 드러누워라. 이 추운데 저것이 무슨 청승이냐."

진태는 온몸을 사를 듯이 부끄러운 감정이 홱 흐르며,

"글쎄, 싫다니까, 안 먹어요. 먹기 싫어요!"

어머니는 들어왔다. 진태를 밀국수 방망이 밀듯이 흔들흔들 흔들면서 타이르고 간청하듯이,

"일어나거라, 응! 일어나."

진태는 더욱 담벼락으로 가까이 가며,

"싫어요. 나는 배고프지 않아요."

하고서 고개를 이불로 뒤집어쓰고 아무 말이 없다.

"고만두어라. 너 배고프지 나 배고프겠니?"

하고서 그대로 안으로 들어가려 할 때,

"에, 추워."

하고서 들어오는 사람은 자기 아버지다. 어멈과 아범은 맞닥뜨렸다.

"이건 눈깔이 빠졌나. 엑구 시 —"

하며 아범이 소리를 질렀다.

"어두워서 보이지를 않는구려."

하고서 여성답게 미안한 어조로 어멈은 말을 한다. 이 한 번 맞닥뜨린 것은 빈손으로 들어오는 자기 남편을 몰아세울 만한 용기를 꺾어버렸고, 주머니 속이 비어 있는 아범은 또한 큰소리를 할 만한 용기를 줄게 하였다.

"어떻게 되었소?"

"무엇이 어떻게 돼! 큰일 났어, 큰일. 벌이가 있어야

지. 저녁은 어떻게 했나?"

"여보! 그 정신 나간 소리는 좀 두었다 하우. 무엇으로 저녁을 해요."

아범은 아무 소리 못하고 방 안으로 들어갔다. 진태는 일어나 앉았다. 그리고는 속으로 반갑기는 고사하고 한 가닥의 희망까지 끊어져 버렸다.

"그럼 어떻게 하나?"

아범은 불 켤 것도 생각지 않고서 한탄을 한다.

"그래, 한 푼도 없소?"

"아따, 이 사람. 돈 있으면 막걸리 먹었게."

막걸리라는 소리가 어멈의 성미를 겨웠다.

"막걸리가 무어요? 어린 자식들은 추운 방에서 배들이 고파서 덜덜 떠는데 그래도 막걸리요? 그렇게 막걸리가 좋거든 막걸리 장수 마누라 하나 데리고 살거나 막걸리 독에 가서 거꾸로 박히구려. 그저 막걸리, 막걸리 하니 언제든지 막걸리 신세를 갚고야 말 터이야, 저러다가는……."

"글쎄, 그만둬요. 또 여우 모양으로 톡톡거려. 엥, 집에 들어오면 여편네 꼴 보기 싫어서."

하고 입맛을 쩍쩍 다신다.

진태는 옆에서 그 꼴만 보다가 불을 켜고 있었다.

"그럼 저녁을 먹어야지."

하고서 아범은 꽤 시장한 모양으로 없는 궁리를 하려

하나 아무 궁리도 없다.

"이것이나 먹구려."

하고 어멈은 진태를 주려고 국에다 만 밥을 내놓으니
까,

"그게 무어야?"

하고 숟가락으로 두어 번 떠먹어 보더니,

"너 저녁 먹었니?"

하고서 진태를 돌아본다. 진태는 말을 하려야 할 수
도 없거니와 말하기도 전에 어멈이,

"안 먹었다우."

하고 진태를 책망도 하고 원망도 하는 듯이 흘겨보았다.

"왜?"

하고 아범은 숟가락을 든 채로 그대로 있다.

"누가 알우, 먹기 싫다는 것을."

"그럼 배고프겠구나."

하고서 밥그릇을 내놓으면서,

"좀 먹으련?"

하니까 진태는,

"싫어요."

하고서 멀리 피해 앉는다.

"왜 그러니?"

"먹을 마음이 없어요."

삼십 분쯤 지났다. 문밖에서 어멈이,

"진태야, 진태야······."

하고 부른다. 진태는 그 부르는 어조가 너무 은밀한 듯하므로,

"네."

대답 한 번에 바깥으로 나갔다. 어머니는 대문간에서 손에다가 무엇인지 가느다란 것을 쥐고 서 있다.

"저······."

하고 어머니는 헝겊에 싼 그것을 풀더니,

"이것 가지고 전당국에 가서 칠십 전이나 팔십 전만 달래 가지고, 싸전에 가 쌀 다섯 홉만 팔고 나무 열 냥 어치만 사 가지고 오너라."

한다. 진태는 얼른 알아채었다. 옳지! 은비녀로구나. 자기 집안에 값진 것이라고는 어머니 시집올 때 가지고 온 그 비녀 하나 하고 굵다란 은가락지뿐이다.

진태는 그것을 받아들었다. 그리고는 전당국을 향하여 간다. 전당국은 잡화상 옆에 있는 것이 제일 가깝고 조금 내려가면 이발소 윗집이 전당국이다. 그러나 첫째 집은 가지를 못한다. 그것은 그 전당국 주인의 아들이 자기하고 같은 학교를 다니니까 만일 들키면 창피할 것이요, 부끄러울 것이다. 그래서 그 집을 남겨 놓고 먼저 아래 전당국으로 가리라 하였다.

그는 팔짱을 끼고 웅숭그리고서 전당국으로 들어가려 하니까 어째 누가 손가락질을 하는 것 같고 구차함을 비웃는 듯하다. 그리고 그 전당국 주인까지도 자기의 구차한 것을 호령이나 할 듯이 싫을 것 같다. 그러나 눈 딱 감고 들어가려 하는데 문간에다가 '기중(忌中)'이라 써 붙이고 문을 닫아버렸다.

'기중(忌中)'

사람이 죽었구나 하고서 생각하니 그 몇 분 동안에 자기 마음이 긴장되었던 것이 풀어진다. 그러면 이번에는 하는 수 없이 그 동무 아버지의 전당국으로 가야 하겠다.

한 발자국이라도 더디게 떼어 놓아 그 전당국으로 들어설 때, 가슴은 거북하고 머리에는 열이 올라와서 흐리멍덩하다.

기웃이 들여다보니까 아무도 없다. 혹시 동무 학동이나 만나지 않을까 하였더니 사무 보는 어른이 한 분 앉아 있고 아무도 없어 다행이다.

그는 정거장 표 파는 데처럼 철망으로 얽고 또 비둘기장 구멍처럼 뚫어 놓은 곳으로 은비녀를 디밀었다. 신문을 보던 사무 보는 어른이 한 번 흘겨보더니,

"무엇이냐?"

하고서 소리를 꽥 지른다.

"이것 잡으세요?"

하는 소리는 떨리고 가늘었다. 사무 보는 이는 아무말 없이 그것을 받아들더니 저울에다가 달아 본다.

진태는 속마음으로 만일 저것을 잡지 않으면 어떻게 하나? 나쁜 것이라고 퇴짜를 하며는 어떻게 하나 하고 있을 때,

"얼마나 쓰련?"

하고 돈을 묻는다. 그는 겨우 안심을 하고서 돈을 말하려다가 자기가 부르는 돈보다 적게 주면 어떻게 하나 하고서 도리어 그이더러,

"얼마나 나가요?"

하고 물었다. 그는 한참 있더니,

"1원이다."

한다. 그러면 자기 어머니가 얻어 오라는 것보다는 삼사십 전이 더하다. 그는 겨우 안심을 하고서,

"칠십 전 주세요."

하였다.

"네 이름이 무엇이냐?"

전당표에 이름이 쓰이는 것은 좋지 못하나 하는 수 없이 이름을 대었다. 사무 보는 이가 전당표를 쓰는 동안에 진태는 왔다 갔다 하였다. 그리고서 남에게는 전당 잡으러 온 체하지 않으려고 사면을 둘러보고 군소리를 하였다.

진태가 바깥을 내다볼 때 누구인지 덜미에서,

"진태냐?"

하고 어린애 소리가 들렸다. 그가 얼른 돌아보니 거기에는 그 집 주인의 아들이 반가이 맞으며,

"어째 왔니?"

하며 나온다. 진태는 달아나고 싶었다. 그리고는 될 수만 있으면 돈도 그만두고 피해 가고 싶었다.

"내일 산술 숙제 했니?"

어쩌면 그렇게 다정하게 물으랴? 그러나 진태는,

"아니!"

하고서 고개를 내저었다. 그의 얼굴은 진홍빛같이 붉어졌다.

"애, 큰일 났다. 나는 조금도 할 수가 없어!"

그의 말소리는 진태의 귀에 조금도 안 들린다. 숙제는 그만두고 내일 학교에 가면 반드시 여러 동무들이 흉들을 볼 터이요, 또는 놀려댐을 당할 것이다. 그리고 그의 앞에는 커다란 수남(壽男)이가 보이며 장난의 괴수요, 핀잔 잘 주고 못살게 굴기 잘하는 그 불량한 학생이 보인다.

전당표와 돈을 받아들었다. 이제는 싸전으로 갈 차례다. 석 되나 닷 되나 한 말 쌀을 파는 것은 오히려 자랑거리지마는 다섯 홉은 팔기가 참으로 부끄럽다. 그는 싸전에 가서 종이 봉지에 쌀 다섯 홉을 싸 들었다. 첫째 싸전장이가,

"왜 전대를 가지고 오지 않았어?"

꽥 소리를 한 번 지르더니 딴 사람의 쌀을 다 퍼 주고야 종이 봉지 하나가 아까운 듯이 가까스로 다섯 홉 한 되를 퍼 주었다. 돈을 주고 나왔다. 쌀 든 손은 얼어서 떨어지는 듯하다. 한 손으로 귀를 녹이고 또 한 손으로 번갈아 가며 쌀 봉지를 들었다.

이번에는 나무 가게로 갈 차례다. 나무 가게로 갔다. 이십 전어치를 묶었다. 그것을 새끼에다 질빵 지어서 둘러메고 쌀은 여전히 옆에다 끼었다. 한길로 고개를 숙

이고 가다가는 어깨가 아프고 손, 발, 귀가 시려서 잠깐 쉬다가 저쪽을 보니까 자기 집 들어가는 골목 조금 못 미쳐서 학교 선생님 한 분이 오신다.

진태는 얼핏 일어났다. 그리고 선생님이 골목까지 오시기 전에 먼저 그 골목으로 들어가야 하겠다 하였다. 그리고는 줄달음질하였다. 선생님은 아무것도 둘러메셨을 리가 없으므로 걸음이 속(速)하시다. 자기는 힘에 겨운 것을 둘러메었으니 또한 걸음이 더디다. 거의 선생님과 맞닥뜨리게 되었다. 그래서 앞도 보지 않고 골목으로 뛰어들어 가다가 거기서 나오는 사람과 마주쳤다.

"에쿠!"

하면서 손에 들었던 쌀이 모두 흩어지고 나무는 어깨에 멘 채 나가자빠졌다.

"이 망할 집 자식! 눈깔이 없니?"

하고 들여다보는 그이는 자기 아버지다. 진태는 그래도 뒤돌아보았다. 벌써 선생님은 본체만체 지나가 버리셨다.

"이 망할 자식아, 쌀을 이렇게 흩트려서 어떻게 해?"

하며 아버지는 두 손으로 껌껌한 데서 그것을 쓸어서 바지 앞에다 담는다. 진태는 멍멍히 서 있다가 아버지에게 끌려 집으로 들어갔다.

집에 들어가니까 어머니가 얼마나 받았으며 얼마나 썼으며 얼마나 남았느냐고 묻는다. 진태는 그 소리를 듣고서 전당표를 주었다. 그리고는 자세한 이야기를 하였다.

그러나 어머니는 진태의 잘잘못을 따지지 않았다. 유일한 보물을 전당 잡혀서 팔아 온 쌀까지 땅에다 모두 엎질러 버린 것을 생각하니 그대로 있을 수 없을 만큼 아깝고 분하다. 그래,

"이 망할 녀석, 먹으라는 밥은 먹지 않아서 밥이나 먹고 자라고 하랬더니……."

하고서 주먹을 들고 덤벼들며,

"어디 좀 맞아 보아라!"

하고서 또다시 덤벼든다. 진태는 아무것도 변명하지 않았다. 그러나 하루에 두 번씩 매를 맞게 되니까 무엇이 원망스럽고 또 무엇을 저주하고 싶었으나 그것이 무엇인지 알지 못하였다. 그래서 그는 한참 얻어맞고 혼자 울었다. 그는 위로해 주는 사람 하나 없고 쓰다듬어 주는 사람 하나 없었다.

그는 방구석에 틀어박혀서 한참 울다가 그대로 잠이 들었다. 억울한 꿈을 꾸면서…….

4

꿈

꿈

　자기 스스로도 믿지 못하는 일을 때때 당하는 일이 있
다. 더구나 오늘과 같이 중독이 되리만큼 과학이 발달
되어 그것이 인류의 모든 관념을 이룬 이때에 이러한 이
야기를 한다 하면 혹 웃음을 받을는지는 알 수 없으나
총명한 체하면서도 어리석음이 있는 사람이 아직 의심
을 품고 있는 이러한 사실을 우리와 같은 사람이 쓴다
하면 헤브라이즘과 헬레니즘, 서로 반대되는 끝과 끝이
어떠한 때는 조화가 되고 어떠한 경우에는 모순이 되는
이 현실 세상에서 아직 우리가 의심을 품고 있는 문제
를 여러 독자에게 제공하여 그것을 해석하고 설명해 내
는 데 도움이 되거나 그렇지 않으면 사실을 아주 부인
하여 버리고 되고, 또는 그렇지 않음을 결정해 낼 수 있
다 하면 쓰는 사람이나 읽는 이의 해혹(解惑)이 될까 하
는 것이다.
　이러한 사실을 믿거나 믿지 않거나 그것은 해석하는
이의 마음대로 할 것이요, 쓰는 이의 관계할 바가 아니

니 쓰는 이는 문제를 제공하는 것이 그것을 해석하는 것
보다 더 큰 천직인 까닭이다.

더구나 이 이야기는 실지로 당한 이가 있었고, 또는 쓰
는 나도 믿을 수도 없고 아니 믿을 수도 없는 까닭이다.

내가 열아홉 살이 되던 해다. 세상에
는 숫자(數字)를 무서워하는 습관이 있
어 우리 조선서는 석 삼(三)자와 아홉
구(九)자를 몹시 무서워한다. 석 삼자는 귀
신이 붙은 자라 해서 몹시 꺼려하며 아홉 구 자, 즉 셋
을 세 번 곱한 자는 그 석 삼자보다도 더 무서워한다.

더구나 연령에 들어서 그러하니 아홉 살, 열아홉 살,
스물아홉 살, 서른아홉 살······, 이렇게 아홉이라는 단
수가 붙은 해를 몹시 경계한다. 그래서 다만 홀어머니
의 외아들인 나는 열아홉 살이 되는 날부터 마치 죽을
날이나 당한 듯이 무서움과 조심스러움으로 그날그날
을 지내지 않으면 안 되었다.

이곳에서 저곳을 떠날 일이 있어서도 방위를 보고, 벽
에 못 하나를 박아도 손을 보며, 생일 음식을 먹으려 하
여도 부정을 염려하며, 더구나 혼인 참례나 조상(弔喪)
집에는 가까이 하지도 못하였으며 일동일정을 재래의
미신을 따라서 하지 않은 것이 없었다.

하다못해 감기가 들어서 누웠더라도 무당과 판수가

푸닥거리와 경을 읽었다.

나는 어릴 때이라 그렇게 구속적이요, 부자유한 법칙을 지키기도 싫었을 뿐 아니라 그때 동리에 있는 보통학교를 다닐 때이므로 어머니의 말씀과 또한 하시는 일을 어리석다 해서 여간한 반대를 하지 않은 것이 아니었다.

그러나 그것이 어리석은 일인 줄은 알고 자기도 그것이 옳지 않은 일인 줄은 알면서도 그것을 단단히 믿지 않을 수는 없었다.

제사 음식이 눈에 보이면 거기 귀신이 붙은 것 같기도 하여 어째 구미가 당겨지지를 아니하고, 길에서 상여를 만나면 하루 종일 자기 생명이 위태한 것 같아서 아니 본 것만 못하였다. 장님을 보면 돌아가고 예방해 내버린 것을 볼 때는 자연히 침을 뱉었다. 쉽게 말하면 이 무서운 인습적 미신을 완전히 깨뜨려 버릴 수가 없었다는 말이다.

나는 지금 그때를 돌아보면 여러 가지 행복을 아니 느낄 수가 없다. 아버지가 끼쳐 주고 돌아가신 넉넉한 재산과 따뜻한 어머니의 자애로 무엇 하나 불만족한 것이 없이 소년 시대를 지내 오며 따라서

백여 호밖에 되지 않는 촌락에서 가장 재산 있고 문벌 있는 얌전한 도련님으로 지내던 생각을 하면 고전적 즐거움을 아니 느낄 수가 없다.

더구나 지금도 거울을 앞에 놓고 내 얼굴을 들여다보면 그때의 보르통하고 혈색 좋던 얼굴의 흔적은 숨어 버렸으나 잘 정제된 모습이라든지 정기가 넘치는 눈이라든지 살적이 뚜렷한 이마라든지, 웃음이 숨은 듯 나타나는 듯한 입 가장자리에 날씬날씬한 팔다리와 가는 허리를 아울러 생각하면 어디를 내놓든지 귀공자의 태도가 있었다.

그래서 동리에서는 나를 사위를 삼으려는 사람이 퍽 많았다. 하루에도 중매를 들려고 오는 사람이 두셋씩 있을 때가 많아서 그 사람들은 서로 눈치들만 보고 서로 말하기를 꺼려 그대로 돌아간 일이 한두 번이 아니었다.

그래서 어머니는 어느 것을 택해야 좋을는지 몰라서 적지 아니 헤매신 모양이요, 또는 그 까닭으로 열네 살부터 말이 있던 혼인이 열아홉 살이 되도록 늦어진 것이다.

동리 처녀들 중에 내 말을 듣거나 또는 담 틈으로나 울 너머로 나를 본 처녀는 모두 나를 사모하게 되었던 모양이다. 우리 집에서 셋째 집 건너편에 있는 열여덟

살 먹은 처녀 하나는 내가 학교를 갈 적이나 집으로 돌아올 적에는 반드시 문틈으로 내가 지나가기를 기다리는 것을 나는 본 일이 있었다. 어떠한 날은 대담하게도 내가 지나가기를 기다려 자기의 노랑 수건을 내 앞에 던진 일까지 있었다.

또 어떤 처녀 하나는 자기 부모에게 자기가 나를 사모한다는 말을 하여 직접 통혼까지 한 일이 있었으나 그 집안 문벌이 얕다는 이유로 어머니에게 거절을 당한 후에 그 여자는 병이 들더니 그 후에 다른 데로 시집을 갔다고 할 적에는 나는 공연히 섭섭한 일도 있었다.

그중에 가장 내가 귀찮게 생각한 것은 우리 동리에서 조금 떨어진 곳에 주막이 하나 있었는데 그 주막에 술 파는 여자가 나에게 반하였던 일이다. 그것도 내가 학교에 가는 길가에 있는 곳인데, 하루는 학교에서 운동을 하고 집에 돌아오는 길에 어떻게 목이 말랐는지 일상 어머니가 하신 '물 한 그릇이라도 남의 집에서 먹지 말라.'는 경계를 어기고 그 주막에 들러서 그 술 파는 여자에게 물 한 그릇을 얻어먹은 일이 있었다.

그 여자란 것은 나이가 스물두서넛이 되어 보이는 남편이 있는 여자인데 눈이 크고 검으며 살이 검누르고 퉁퉁한 여자로, 사람을 보면 싱글싱글 웃는 버릇이 있어 얼핏 보면 사람이 좋아 보이지마는 어디인지 음침한 빛이 있다.

그 이튿날 나는 무심히 그 주막 앞을 지나려니까 그 여자는 나를 보고 싱글 웃었다. 그날 저녁에도 싱글 웃었다. 그 웃음이 어떻게 야비한지 나는 그 웃음을 잊으려 하였으나 잊으려 하면 더 생각이 나서 못 견디었다.

그렇지만 그 앞을 아니 지날 수가 없어서 그 웃음을 보지 않으려고 고개를 돌리고 지나간 지 이틀 만에 그 여자는 내가 학교에서 돌아오기를 기다렸는지 문간에 나섰다가 나를 불렀다.

나는 질겁하여 머리끝이 으쓱하였다.

"여보시소, 서방님네."

"왜 그러는고."

나는 돌아보며 물었다.

"사내가 와 그렇게 무정한 게요?"

나는 사면을 둘러보았다. 그 말하는 그 사람은 그만두고 그 말을 듣는 내가 몹시 더럽고 부끄러운 것 같은 까닭이었다. 나는 아무 말도 못하고 그대로 돌아서 가려 하니까, 그 여자는 나의 손목을 잡아끌고 자기 집으로 끌고 들어가려 하였다. 그는,

"술이나 한잔 자시고 가시소."

하며 잡아당겼다. 술? 나는 말만 들어도 해괴하였다. 학교 규칙, 어머니, 학생, 계집, 주정, 음란, 이 모든 것이 번득번득 연상이 되어서 온몸이 떨렸다.

"이 손 못 놓겠는 게요?"

나는 손을 뿌리쳤다. 그리고,

"나는 학생이래서 술 못 먹는지러."

하고 뒤로 물러서며,

"나중에는 얄궂은 일을 다 당하는 게로."

하며 앞만 보며 달려왔다.

집에 와서는 얼른 손을 씻어 그 여자의 손때를 떨어 버리고 옷까지 바꾸어 입었다. 그 음탕한 눈이며 살 냄새가 눈에 보이고 코에 맡히는 것 같아서 못 견디었다.

그 후부터는 그 길로 학교를 갈 수가 없어서 길을 돌아가는 수밖에 없었다. 그전 길로 가면 5리밖에 되지 않는 길을 십 리나 되는 산길로 돌아다녔다.

그런데 다행히 그 길 중턱에는 우리 집 논이 있고 그 논 옆에는 우리 마름이 살므로 적이 안심이 되었다.

첫날 그 집 앞을 지날 때 나는 주인 된 자격으로라고 하는 것보다도 반가운 마음으로 그 집에를 들어가지 않을 수가 없었다. 처음에 그 집 삽짝문을 들어서니 집 안이 너무 적적하였다. 이십 년 동안이나 우리 집 땅을 부쳐 먹는 사람 좋은 늙은 마름도 볼 수가 없고 후덕스러워 보이는 그의 마누라도 볼 수가 없다. 하다못해 늙은 개까지도 볼 수가 없었다.

나는 의아하며 고개를 기웃기웃하려니까 그 집 봉당

문이 열리며 기웃이 고개를 내미는 사람은 그 집 딸인
임실이었다. 임실이는 어렸을 때 앞치마 하나만 두르고
발바닥으로 어머니를 따라서 우리 집에 드나든 일이 있
으므로 나는 그 얼굴을 잘 알뿐더러 어려서는 같이 장
난까지 한 일이 있었다. 그러나 근 3년이나 보지를 못
하였다. 대가리가 커지니까 그렇게 함부로 다니지를 못
하게 한 모양이다.

어렸을 적에 볼 때에는 머리가 쥐꼬
리 같고 때가 덕지덕지하며 코를 흘리
던 것이 지금 보니까 제법 머리를 치렁
치렁 발뒤꿈치까지 따 늘이고 얼굴에
분칠을 하였는데 때가 쏙 빠졌다.

그는 반갑다는 뜻인지 생긋 웃고 나
를 보며 어서 오라는 듯이 나를 쳐다보
았다. 그리고는 아무도 없는데 온 것이
미안한 듯이 황망해 하며 어떻게 이 갑작스럽게 방문한
주인댁 도령님을 맞아야 좋을지 모르는 모양이다.

"죄다 어데 갔는?"

나는 상전의 아들이 하인의 딸에게 향하는 태도로 물
었다. 그는,

"들에 나갔는게로."

하며 다시 한 번 나를 곁눈으로 살펴보았다. 길게 있
을 시간도 없거니와 이따가 하학할 때에는 또다시 들릴

터이니까 오래 있을 필요가 없어서 그대로 학교를 다녀 돌아올 적에 다시 들렀다. 그때에는 마름 내외가 나를 기다리고 있다가 점심 먹으라고 밀국수를 해 주었다. 아마 그 계집애가 저희 부모에게 말을 했던 모양이다.

그 후에는 올 적 갈 적 들렀다. 그 계집애도 상전과 부리는 사람의 관계로 숙친(熟親)해졌다. 어떤 때 나의 옷고름이 떨어지면 그것을 달아 주고 혹 별다른 음식을 갖다가 내 앞에 놓을 때에는 이상한 미소를 띠고 나를 곁눈으로 쳐다보았다. 그 웃음이란 나의 눈에 보기에도 몹시 유혹적이었으나 나는 실없는 계집년이란 생각밖에 나지 않았다.

그 후에 하루는 내가 학질 기운이 갑자기 생겨서 하학 시간도 채 마치지 못하고 어떻게든지 집으로 가려고 무한한 노력으로 줄달음쳐 오다가 그 집 앞을 당도해 보니까 여태까지 참았던 마음이 핵 풀어지며 그대로 그 집 마루가 털썩 주저앉아 버린 일이 있었다.

그것을 본 마름들은 나를 방으로 데려다 누이고 일변 집으로 통지를 하며 또는 물을 끓인다, 미음을 쑨다 하여 야단을 하는데 그중에 가장 난처하게 여기는 것은 나를 깔고 덮어 줄 이불요가 없어서 걱정인 것이다. 자기네들이 깔고 덮는 누더기를 주인 상전의 귀여운 아들, 더구나 유달리 위하는 아들의 몸에는 덮어 주기를 꺼리

는 모양이다.

염려하는 것을 본 그 처녀는 얼핏 자기 방 — 아랫방 — 으로 가서 새로이 꾸며 둔 이불요 한 채를 가지고 왔다. 그것은 자기가 시집갈 때 가지고 가서 신랑과 덮고 잘 이불을 준비해 둔 것이다.

그는 그것을 깔고 덮어 준 후 발 아래를 잘 여미고 두덕두덕 매만져 주었다. 촌 여자의 손이지만 어디인지 연하고 부드러운 맛이 있어서 몹시 육감적 자극을 전하는 듯하였다. 그러고는 그 처녀는 내 앞을 잘 떠나지 않고 자기의 가장 아끼는 이불요를 꺼내 덮어 준 것이 퍽 만족하다는 듯이 항상 이불과 요를 매만졌다. 어떠한 때에는 나의 이마도 눌러 주고 시키지도 아니하였는데 나의 베개를 바로 베어 주기도 하고 흐트러진 옷고름을 매주기까지 하였다.

그때 그 당시로 말하면 내가 그 임실이쯤은 다른 의미로 생각할 여지가 없었고 더구나 임실이를 이성으로 생각한다는 것으로는 마음이 끌리지 아니하였으니 그와 나의 지위의 간격이 너무 멀었음이 첫째 원인이며, 하고 많은 여자들 다 제쳐놓고 임실이에게 마음이 끌린다는 것은 그때 나의 관념으로도 우스운 일일 뿐 아니라 그런 일이 있다 하면 그것은 자기의 명예라든지 여러 가지의 사정을 생각하여 으레 있지 못할 일이었으므로 더구나 임실이가 나에게 마음을 둔다 하면 그것은 마치 파수 병정이 나라의 공주에게 반하는 것이나 마찬가지인 까닭이었다.

그러나 파수 병정이 공주를 사모한 일이 만일 있었다 하면 그것이 대개는 불행으로서 끝을 마치는 것과 같이 임실이가 나를 사모한 것도 그러하였으니, 그때는 그것을 깨닫지 못하였으나 그 후에 그것을 깨달았을 때 나는 가슴이 몹시 아픔을 깨닫지 아니치 못하였다.

병이 나아서 다시 학교를 다닌 지 한 달 남짓한 때 나는 그 집을 들렀다가 그 집에서 마누라쟁이가 소리를 질러 떠드는 소리를 들었다.

"이 경칠 가스내야, 죽어도 대답을 못하겠는가."

하며 임실이를 두들겨 주는 꼴을 보았다. 계집애는 죽어도 못하겠소 하는 듯이 입을 다물고 돌아앉아서 눈물만 흘리고 느껴 가면서 울 뿐이다.

"말해라. 그래도 못하겠는 게로?"

하고 그의 손에 든 방치가 임실의 등줄대를 내리갈겼다. 임실이는 그대로 엎드려져서 등만 비비며 말이 없다. 어미는 죽어라 하고 두어 번 짓이기더니 나를 보고 물러섰다.

그 까닭은 이러한 것이었다. 임실이를 어떤 촌에 사는 늙수그레한 농부가 후실로 달라고 하는데 그 농부인

즉 돈도 있고 땅도 많고 소도 많아 살기가 넉넉하나 상처를 하여 다시 장가를 들 터인데 만일 딸을 주면 닷 마지기 땅에 소 두 마리를 주겠다는 말이 있음이다.

그러나 임실이는 죽어도 가기 싫다 하니까 그렇게 수가 나는 것을 박차 버리는 것이 분하고 절통한 일이 되어서 지금 경찰이 고문이나 하는 듯이 딸에게 대답을 받으려 함이었다.

나도 그 말을 듣고는 임실이를 철없는 계집애라 하였다. 그렇게 하면 부모에게도 좋은 일이요, 자기 신상에도 괜찮을 것이라 하였다. 나도 어미 편을 들었다. 그랬더니 어미는 더욱 펄펄 뛰면서 자, 도련님 말씀을 들어 보라고 야단이다. 그러나 지금 생각하니 그 무심히 한 말이 그 계집애에게 치명상을 줄 줄을 누가 알았으랴. 지금도 생각만 하면 모골이 송연하다.

그 후에는 임실이가 몸이 아파서 누웠단 말을 들었다. 나는 여러 가지로 생각을 하여, 즉 말하자면 주인 된 도리로나 날마다 지나다니며 폐를 끼치는 것으로나 또는 내가 앓을 적에 제가 해 주던 공으로나, 약 한 첩 아니 지어다 줄 수 없어서 그 병을 물어보았으나 다만 몸살이라고 할 뿐이므로 무슨 병인지 몰라서 그것도 하지 못하였다.

그 후 한 보름은 무심히 지나갔다. 임실이 병이 어찌

되었느냐고 물어보지도 않았다. 그렇게 무심히 지내던 어떠한 날 저녁에 나는 어머니와 단 둘이 방에서 잠을 자고 있었다. 날이 몹시 침울하고 날이 흐려서 안개가 자욱이 낀 밤이었다. 척척한 기운이 삼투를 하여 방 안으로 스며들었다.

나는 잠이 들었다가 깨었다. 깨기는 깨었으나 분명히 깨지도 못하였다. 눈에는 방 안에 있는 것이 분명히 보이나 정신은 잠 속에 잠겨 있었다. 시계 소리가 들리었으나 그것이 생시에 듣는 것 같기도 하고 꿈속에 듣는 것

같기도 하였다. 누구든지 가위를 눌릴 때 당하는 같이 몸은 깨려 하고 정신은 깨지 않는 것과 같았다. 띵한 기운이 머릿속에 가득 차고 온몸이 녹는 듯이 혼몽하였다.

그러자 누구인지 문을 열었다. 석유 불을 켜 놓은 등잔불이 더욱 밝아지더니 눈이 부신 햇빛같이 환해졌다. 나는 이상하지도 않고 무섭지도 않았다. 생시나 같이 예사로웠다.

문이 열리더니 들어오는 사람이 있었다. 그것은 분명한 임실이었다. 그는 하얗게 소복을 입었었다. 그의 손에는 이상한 꽃가지를 들었었다. 문을 닫더니 내 앞에 와서 섰다. 그는 울음을 참는 사람처럼 처참하게 입을 다물었다. 그는 누구와 이별하는 것 같이 몹시 슬픈 낯으로 나를 보았다. 그의 옷 빛은 똑똑하고 선명하게 내 눈에 비치었다.

그는 한참이나 나를 보고 있더니 눈에서 구슬 같은 물을 흘리더니 나의 가슴에 엎드려 울었다. 생시나 꼭 마찬가지 목소리로 나를 향하여,

"저는 지금 당신을 이별하고 영원히 갑니다. 생시에는 감히 말씀을 못하였으나 지금 마지막 당신을 떠나갈 때, 제가 얼마나 당신을 사모하였는지 알 수가 없던 그 간곡한 정이나 알려 드릴까 하여 가는 길에 들렀사오니 영영 가는 혼이나마 마지막으로 저를 한 번 안아 주세요."

하고 가슴에 안겼다.

나는 벌떡 일어서며 임실이를 물리치며,

"버릇없는 가시내년! 누구에게 네가 감히 이 따위 버르장을 하니!"

하고 꾸짖었다. 그랬더니 임
실이는 돌아서며 원망스럽게 나
를 흘겨보면서, 그러면 이것이
마지막이니 안녕히나 계시라고
어디로인지 사라졌다.

나는 그 사라지는 것이 연기와 같이 허무한 것을 보고 공연히 섭섭한 생각이 나고 가슴속이 메어지는 듯하여 그렇게 준절히 꾸짖은 나로서 다시,

"임실아! 임실아!"

하고 부르면서 따라 나가려 하였다. 그러나 정녕코 생시요, 모든 것이 분명하고 똑똑한데 다리를 떼어놓으려면 다리가 떼어지지 않고 무엇이 꼭 붙잡는 것 같으며 입을 벌리려면 혀가 굳어서 말이 나오지를 아니하여 무한히 고생을 하고 애를 쓰려 하였으나 마음대로 되지를 않았다.

그러자 누구인지 내 몸을 흔드는 듯해서 눈을 떠 보니까 나는 자리 속에 누웠고 옆에 어머니가 일어나 앉으셔서,

"왜 그러는?"

하고 물어보신다. 여러 가지를 종합해 보아서 내가 꿈을 꾸었던 것이다. 꿈은 꿈이나 그것이 너무 역력한 까닭에 어머니께 그런 말씀도 하지 못하고 이상하다 하는 생각으로 그날 밤을 지내었다.

그 이튿날 아침에 학교를 갈 적에는 만사를 제쳐놓고 그 집부터 들렀다. 들르기도 전에 멀리서 나는 가슴이 서운해지지 않을 수가 없었다.

"먹을 것도 못 먹고 입을 것도 못 입고……, 임실이가 죽단 말이 웬 말이냐. 어미 애비 내버리고 네 혼자 어데메로 간단 말고. 애고, 애고, 임실아……."

하며 어미의 우는 소리가 적적한 마을 고요한 공기를 울리고 내 귀에 들려왔다. 공중에서 날아왔다 날아가는 제비 새끼라든지 다 익은 낱알이 바람에 불리어 이리 물결치고 저리 물결치는 것이든지 그 울음소리에 섞이어 몹시 애처로운 정서를 멀리멀리 퍼뜨리는 것 같다.

나는 그 집에 들어가기 전에 벌써 직감적으로 무슨 일이 생긴 것을 알게 되었다. 더구나 시집도 가지 않은 처녀가 원한 품고 죽었구나! 하는 생각을 함에 무서운 생각도 나고 으스스한 느낌이 생겼다.

어미는 머리를 쥐어뜯어 가며,

"임실아! 가려거든 같이 가지 너 혼자 간단 말고."

하며 통곡을 한다. 마름은 옆에 앉아 눈물을 씻고 있다. 농후한 애수가 그 집을 싸고돈다.

마누라는 나를 보더니,

"도련님, 임실이가 죽었소."

하며 푸념 겸 하소연을 한다. 아랫방 임실의 누운 방문은 꼭 닫혀 있고 그 앞에는 임실이가 신던 신짝이 나란히 놓여 있다.

나는 이것이 정말이라 하면 내 꿈이 너무 지나치게 참말이요, 거짓말이라 하면 이렇게 애통한 광경을 믿지 않아야 할 것이다. 꿈이 이렇게 사실과 결합되는 일이 세상에 어디 있으랴?

"몇 시쯤 하여 그랬는고?"

나는 생각이 있어서 시간을 물어보았다. 마름은 눈을 끔벅끔벅하고 먼 산을 바라보고 꺼질 듯한 한숨을 내쉬더니,

"오경은 되었을 게로."

하며 대답을 하였다. 나는 눈을 더 한 번 크게 뜨지 않을 수가 없었다. 그러면 분명히 임실의 혼이 임실의 몸에서 떠날 때 나에게 즉시 다녀간 것이 틀림없었다.

나는 그날 학교를 고만두었다. 집에 돌아와서 몸이 아

프다는 핑계를 하고 종일 드러누워 생각함에 실없이 임실이 생각이 나서 못 견뎠다. 나에게 그렇게 골수에 사무친 원한을 품고 세상을 떠난 것을 생각하니 내 사지 마디가 저린 것 같았다. 불쌍함과 측은한 생각이 나고 또는 적지 않은 미신적 관념이 공연히 나를 두렵게 하였다.

그리고 일상 나에게 하던 것이라든지 내가 아플 때 나에게 해 준 것이라든지 또는 시집가기 싫어하던 것이든지 병들었던 것을 생각하고 임실의 마음을 추측하니 임실이는 속으로 몹시 나를 사모하였던 것이 틀림없었다.

그러나 나는 상전이요, 자기는 부리는 사람의 딸이었다. 고귀한 집 도령님을 사모한다고 말로는 차마 하지 못하였으나 그는 속으로 혼자 가슴을 태웠던 것이다. 골수에 사무치도록 나를 생각하였던 것이다. 입이 있고 말을 하나 차마 가슴속에 든 것을 내놓지 못하였던 것이다.

그 모든 것을 생각할 때 나는 죽어간 임실을 몹시 동정하게 되었다. 다시 한 번 만날 수가 있어 그의 진정을 들었으면 좋을 걸 하는 생각까지 나고 나중에는 제가 생시에 그런 말을 하였다면 들어주기라도 하였을 걸 하는 마음까지 났다. 말하자면 나는 임실이가 죽어간 뒤에 분한 마음이 변하여 사랑하는 마음이 되었다는 것이다.

그날 저녁에 나는 잠을 자려 하나 잘 수가 없었다. 어머니는 무슨 영문도 모르시고 가지각색 약을 갖다가 나를 권하셨다. 그러시면서 내가 어제 저녁에 꿈에 가위를 눌리더니 몸에 병이 생기었다 하시면서 매우 걱정을 하셨다.

그린데 나는 오늘 아침 임실이가 죽었다는 말을 하지 못하였다. 만일 그 집에를 들렀다는 말을 하면 처녀 죽은 귀신이 씌었다고 당장에 집안이 뒤집힐 터인 까닭이다.

나는 온종일 임실이 생각만 하다가 자리 속에 누웠었다. 때는 자정이 될락 말락 하였었다. 어머니는 내가 잠들기를 기다리시느라고 옆에서 바느질을 하시고 계셨다. 사면은 고요하였다. 멀리서 닭 우는 소리가 들리었다.

나는 눈이 또렷또렷 잠 한잠 자지 못하고 누워 있었다. 그런데 누구인지 문간에서 문을 두드렸다. 어머님도 바느질하시던 것을 그치시고 귀를 기울이셨다. 나도 고개를 돌렸다.

"도련님!"

분명히 임실의 소리다. 어머니와 나는 서로 쳐다보았다. 서로 의아한 것을 깨치기 위함이다. 어머니 한 사람이나 나 한 사람만 듣는 것이 아니라 서로 다 듣는다는 것을 알 때 나는 온몸이 으쓱하였다.

"도련님!"

목소리가 더 똑똑하고 날카로웠다. 나는 무의식하게 벌떡 일어나며 대답을 하려 하였다. 그러자 어머니는 얼핏 나에게로 달려드시며 쉬 — 입을 막으라고 손짓을 하셨다.

"도련님!"

세 번째 소리가 날 때 나는 아무 말이 없었다. 그때 나는 등에서 땀이 나도록 무서운 생각이 나서 얼른 자리 속으로 들어왔다.

어머니는 그게 누구 소리냐고 날더러 물어보셨다. 나는 어제 저녁 꿈 이야기로부터 오늘 이야기를 아니 할 수가 없었다. 내일이면 온 동리가 다 알 것을 속인들 소용이 없음이었다. 나는 그 이야기를 모조리 하였다. 그랬더니 어머니는 나를 책망을 하셨다. 그렇게 생명에까지 관계되는 것을 이야기하지 않으니 어찌 자식이며 어미냐고 우시기까지 하셨다. 나는 참으로 말 안 한 것을 후회하였다.

그것은 귀신이 다녀간 것이라 하셨다. 세 번 부르기 전에 만일 대답을 하였다면 내가 죽을 것을 요행히 괜찮았다고 하셨다.

그날 저녁은 무사히 넘어갔다. 그 이튿날 어머니는 무당을 불러 오셨다. 무당이 내 말을 듣더니 처녀 죽은 귀신이 되어서 그렇다고 그 귀신을 모셔다가 아무 이러이러한 나무 위에 모셔 놓고 1년에 한 번씩 제사를 지내주

라 하였다. 어머니는 그렇게 하기로 결정을 하셨다. 그 이튿날 임실이를 공동묘지에 갖다가 묻었다.

나는 서운한 생각으로 그날을 지냈다. 더구나 이 사람으로서는 믿을 수 없는 일을 자기가 직접 당하고 보니 이상하게 마음이 편치 못하였다. 더구나 처녀 귀신이 자기를 찾아다니는 것을 생각하고 여러 가지 미신을 종합해 생각할 때 적잖이 불안하였다.

그날 밤에도 임실이가 꿈에 보였다. 이번에는 아주 다른 세상으로 가서 세상의 모든 더러운 것을 깨끗이 씻어버리고 선녀처럼 어여쁜 얼굴과 고운 단장을 하고 찾아왔다. 나는 그의 손을 잡고 퍽 반가움을 금치 못하여 이번에는 내가 임실이를 생각하는 것이 분수에 과한 것 같이 임실이는 숭고해졌었다.

나는 꿈속에서 임실이를 사모한다 하였다. 그러자 임실이는 조금 비웃는 듯이 나를 보더니 만일 당신이 나를 사모하거든 지금이라도 같이 가자고 하였다. 그러면서 손을 잡아끌었다. 어제 저녁 찾아갔을 때 왜 대답도 아니 하였느냐 하며 자, 어서 가자고 손을 끌었다.

그때 잠깐 나는 꿈속에서나마 생시의 먹었던 정신이 들었던 모양이다. 임실이가 참 정말 임실이가 아니요,

귀신 임실이라는 생각이 들더니 만일 임실이를 따라가면 자기도 죽는다는 생각이 나서 손을 뿌리치는 바람에 잠이 깨었다.

잠은 깨었으나 눈앞에 보던 기억이 역력하다. 가기 싫다고 손을 뿌리쳤으나 임실의 모양이 얼마나 숭고하고 어여뻤는지 옆집 계집애가 노랑 수건을 던져 주던 따위로는 비길 수 없이 나의 정열을 일으켰다.

일이 허황된 일이라면서도 꿈에 보던 임실이를 잊을 수 없다. 어떠한 경우에 사람이 추상적 환상에 반하는 일이 있는 것이나 마찬가지로 나는 꿈속에 임실이 혼에게 반하였던 모양이다. 나는 잊으려 하나 잊을 수가 없었다. 속으로 자기를 비웃으면서도 가슴속은 무엇에 취한 것 같았다.

어머니는 이 말을 들으시더니 더욱 근심을 하시면서 얼핏 장가를 들여야겠다 하셨다. 그리고 유명한 무당과 판수에게는 날마다 다니시다시피 하셨다.

그 이튿날, 또 그 이튿날 꿈에는 임실이가 보이지 않았다. 꿈속에서 다시 한 번이라도 만나 보았으면 할 때는 정작 오지를 않았다. 꿈을 꾸어서 만나 보고 싶은 생각이 처음 날, 그 이튿날까지는 그리 대단치 않더니 날이 지날수록 심해져서 어떻게 꿈속에서 한 번 만나 보나 하는 생각이 간절해졌다. 그래서 하루 종일 임실이 생각만 하면 혹시 꿈속에서 만나 볼 수가 있을까 하여 일부러 그 생각만 하였었으나 허사였다.

그 후부터 날마다 학교는 가지만 그 집에는 자주 들르지를 않았다. 첫째, 나 때문에 자기 딸이 죽었다는 칭원(稱冤)을 할까 겁나는 까닭이요, 둘째로는 그 죽은 방이 보기 싫은 까닭이었다.

그러나 아무리 하여도 잊히지를 않으므로 이번에는 잊어 보려고 애를 썼다. 어떤 때는 혼자 눈을 딱 감아 보기도 하고 어떤 때는 혼자 고개를 흔들어 눈앞에 보이는 것을 깨뜨려 보려 하였으나 더욱 분명히 보일 뿐이다. 그래서 이것도 귀신이 나의 마음을 이렇게 만들어 놓은 것이라고 해서 몹시 괴로웠다.

하루는 토요일이다. 임실을 잊어버리려 하나 잊어버릴 수 없는 생각이 나를 공동묘지까지 끌어갔다. 풀이 우거져서 상긋한 냄새가 온 우주의 생명의 냄새를 나의 콧구멍으로 전하여 주는 듯하였다. 익어가는 나락들은 무거운 생명의 알갱이를 안은 채 고개를 숙이고 있다. 널따란 벌판에는 생명의 기운이 넘쳐흐른다. 땅에서 솟아오르는 흙의 냄새가 새로이 나의 정신을 씻어 주는 듯하였다.

먼 산에서 바람에 흔들리는 소나무들은 꿈틀꿈틀한

줄기와 뻣뻣한 가지로 힘 있게 흩날린다. 맑게 갠 하늘에는 긴장한 푸른빛이 이쪽에서 저쪽까지 한 귀퉁이 남겨 놓은 것 없이 가득히 찼다. 길 가는 행인들까지 걷어올린 두 다리에 시뻘건 근육이 힘 있게 꿈틀거린다. 들로 나가는 황소 목에 달린 종소리까지 쨍쨍한 음향으로 공기를 울린다.

공동묘지는 우리 동리에서 북쪽으로 시오 리나 되는 산등성이에 있었다. 내가 묘지에 가는 것은 임실의 실체를 만나 보려 하는 것도 아니요, 꿈속같이 임실의 혼을 만나려는 것도 아니다. 임실이가 나를 그렇게까지 사모하다가 말 한마디 하지 못하고 그대로 원혼이 되어 갔으며, 또는 그 원혼이 그래도 나를 못 잊고 꿈속에까지 나를 못 잊어 내 눈에 보이며, 또 그 원혼이 밤중에 나를 찾아왔다 하면 그 간곡한 마음을 다만 얼마라도 위로하는 것이 나의 의리 있는 짓이라고 하는 생각까지 난 까닭이었다.

그러면 사람이라는 것은 이상한 것이 되어 어떠한 물건에 의지하지 아니하면 그 마음이라든지 그 정성을 다하지 못하는 것이므로, 부처를 생각함에 흙으로 빚어 만든 불상이거나 예수를 경배함에 쇠로 만든 십자가가 아니면 그 마음을 한곳에 붙이지 못하는 것과 같이, 내가 임실이를 생각함에 그의 몸을 묻어 놓은 흙덩이 무덤이 아니면 나의 마음을 붙여 볼 수 없음이었다.

나는 이 무덤 저 무덤을 찾아서 임실의 무덤 앞에 섰다. 무덤이 무슨 말이 있으랴마는 나의 심정은 무엇으로 채우는 듯이 어색해졌다. 죽은 사람의 무덤 위에는 새로 생명으로 솟아오르는 풀들이 파릇파릇 났다.

　나는 세상에서 가장 애처로운 정서로 얽어 놓은 이 무덤 속에 잠들어 있는 임실이를 위하여 무엇이라고 하여야 좋을지 알지 못하였다.

　처녀로서 순결한 마음으로 일평생 한 번밖에 그의 정을 주어 보지 못한 임실의 깨끗한 몸이 여기에 놓여 있고 그 순질(淳質)한 심정에서 곱게 피어오른 사랑의 꽃이 저 심산 속에 피었다 사라진 이름 모를 꽃 같은 것을 생각할 때 나의 마음은 숭고하고 결백함으로 찼었다.

　그러나 한 번밖에 피지 못하는 꽃이 나로 말미암아 피었고 그것이 나로 인하여 꺼져 버린 것을 생각할 때 말할 수 없이 아까웠다. 더구나 그 꽃은 꺼졌으나 그 나머지 향기가 그렇게 쉽게 사라지지 않고 피었던 자리 언저리에 남아 있어 없어지기를 아끼어 하는 것을 생각할 때 얼마나 나의 마음이 에이는 듯하였는지 몰랐다.

　나는 무덤 가장자리를 돌아다녀 보았다. 그의 무덤은 보잘것이 없었다. 그의 무덤에는 찾아오는 이도 없었다. 그의 죽어간 뒤에는 그를 위하여 가슴을 태우는 이라고

는 그의 어머니와 아버지가 있을 뿐이다.

그러나 죽어간 임실이가 그렇게까지 사모하던 내가 이 자리에 온 것을 아는지 모르는지, 만일 참으로 넋이 있어 안다 하면 그가 그것을 만족히 여길는지 아닐는지? 나의 마음속에는 말할 수 없는 안타까움이 있을 뿐이었다. 나는 옆에 피어 있는 석죽(石竹) 꽃을 따서 그것으로 화한을 만들어 무덤 앞에 놓아 주고 집으로 돌아왔다.

그 후에는 전과 다름없는 생활을 해 왔다. 그리고 임실이도 꿈에 오지 아니하고 나도 임실의 생각을 잊어버렸다. 그러다 1년이 지나간 어떤 날 또다시 임실이가 왔었다. 그것은 임실이가 죽은 지 바로 1년이 되던 날이다. 그 후에는 연년이 그날이면 임실이가 보이더니 내가 서울 와서 공부하던 해부터는 그날이 되어도 오지 않았다.

지금은 아주 남의 이야기가 되어 버린 것같이 잊어버렸으나 문득문득 그때 생각이 나면 그때 문간에서 나를 부르던 소리가 귀에 역력하여 온몸이 으쓱하여진다.

5

뽕

뺨

안협집이 부엌으로 물을 길어 가지고 들어오니 쇠죽을 쑤던 삼돌이란 머슴이 부지깽이로 불을 헤치면서,

"어젯밤에도 어디 갔었읍던교?"

하며 불밤송이 같은 머리에 왜수건을 질끈 동여 뒤통수에 슬쩍 질러 맨 머리를 번쩍 들어 안협집을 훑어본다.

"남 어데 가고 안 가고 임자가 알아 무엇 할 게요?"

안협집은 별 꼴사나운 소리를 듣는다는 듯이 암상스러운 눈을 흘겨보며 톡 쏴 버린다.

조금이라도 염량(炎凉)이 있는 사람 같으면 얼굴빛이라도 변하였을 것 같으나 본시 계집의 궁둥이라면 염치없이 추근추근 쫓아다니며 음흉한 술책을 부리는 삼십이나 가까이 된 노총각 삼돌이는 도리어 비웃는 듯한 웃음을 웃으면서,

"그리 성낼 게야 무엇 있습나? 어젯밤 안주인 심바람으로 님자 집을 갔었으니깐두루 말이지."

하고 털 벗은 송충이 모양으로 군데군데 꺼칫꺼칫하

게 난 수염을 숯검정 묻은 손가락으로 두어 번 쓰다듬
었다.

"어젯밤에도 김 참봉 아들네 사랑방에서 자고 왔습네
그려."

삼돌이는 싱긋 웃는 가운데에도 남의 약점을 쥔 비겁
한 즐거움이 나타났다.

'무엇이 어쩌고 어째, 이 망나니 같은 놈……'

하는 말이 입 바깥까지 나왔던 안협집은 꿀꺽 다시 집
어삼키면서,

"남 어데 가 자든 말든 상관할 것이 무엇인고!"

하며 물동이를 이고서 다시 나가려 하니까,

"흥! 두고 보소, 가만있을 줄 알았다가는……."

"듣기 싫어! 별 꼬락서니를 다 보겠네."

강원도 철원 용담이라는 곳에 김
삼보(金三甫)라는 자가 있으니,
나이는 삼십오륙 세나 되었고
키는 작달막하여 목은 다가붙
고 얼굴빛은 노르께하며, 언제
든지 가죽창 박은 미투리에 대갈
편자를 박아 신고 걸음을 걸을 때마
다 엉덩이를 내저으므로 동리에서는 그를 '땅딸보 김삼
보', '아편쟁이 김삼보', '오리 궁둥이 김삼보'라고 부르는데, 한 달에 자기 집에 붙어 있는 날이 이틀이라면 꽤 오래 있는 셈이요, 하루라면 예사다.

그리고는 언제든지 나돌아다니므로 몇 해 전까지도 잘 알지 못하였으나 차차 동리서 소문이 돌기를 '노름꾼 김삼보'라는 말이 퍼졌는데 알아본즉 딴은 강원도, 황해도, 평안도 접경을 넘어 다니며 골패, 투전으로 먹고 지내는 것이 알려지게 되었다.

그 노름꾼 김삼보의 여편네가 아까 말하는 안협집이니 안협(安峽)은 즉 강원, 평안, 황해, 삼도 품에 있는 고읍(古邑)의 이름이다.

그 안협집을 김삼보가 얻어 오기는 지금으로부터 5년 전 안협집이 스물한 살 되던 해인데, 어떻게 해서 얻었는지 자세히 알지 못하나 사람들의 말을 들으면 술 파는 것을 눈을 맞추어서 얻었다고 하기도 하고, 계집이 김삼보에게 반해서 따라왔다고도 하고, 또는 그런 것 저런 것도 아니라 계집의 전남편과 노름을 해서 빼앗았다고 하는데, 위인 된 품으로 보아서 맨 나중 말이 가장 유력할 것 같다고 동리 사람들이 말을 한다.

처음에 안협집이 동리에 오자 그 동리 그 또래 계집들은 모두 석경을 들여다보게 되었다. 안협집이 비록 몸은 그리 귀하게 태어나지 못하였으나 인물이 남달리 고운 점이 있어, 동리 젊은것들이 암연(黯然)히 부러워도 하고 질투도 하게 되고 또는 석경 속에 비친 자기네들의 예쁘지 못한 얼굴을 쥐어뜯고 싶기도 하였으니, 지금까지 '나만한 얼굴이면' 하는 자만심이 있던 젊은 계집들에게 가엾게도 자가 결함(自家缺陷)이 폭로되는 환멸을 느끼게 하기까지도 하였다.

그러나 촌구석에서 아무렇게나 자란 데다가 먼저 안 것이 돈이었다.

"돈만 있으면 서방도 있고 먹을 것, 입을 것도 다 있지."

하는 굳은 신조는 자기 목숨을 내어 놓고는 무엇이든지 제공하여 부끄러운 것이 없었다. 십오륙 세 적 참외 한 개에 원두막 속에서 총각 녀석들에게 정조를 빌린 것이나 벼 몇 섬, 돈 몇 원, 저고릿감 한 벌에 그것을 빌리는 것이 분량과 방법이 조금 높아졌을 뿐이요, 그 관념은 동일하였다.

그리하여 이곳으로 온 뒤에도 동리에서 돈푼이나 있고 얌전한 젊은 사람은 거의 다 한 번씩은 후려내었으니 그것은 남자 편에서 실없는 짓 좋아하는 이에게 먼저 죄가 있다 하는 것보다도 이쪽 안협집에게 그 책임이 더 있다고 할 수 있고, 또 그것보다 더 큰 죄는 그 남편 되는 노름꾼 김삼보에게 있다고 할 수 있으니 그것은 남편 노름꾼이 한 달에 한 번을 올까 말까 하면서도 올 적에는 빈손을 들고 오는 때가 많으니 젊은 계집 혼자 지낼 수가 없으니 은연히 이 집 저 집 동리로 다니며 품방아도 찧어 주고 김도 매 주고 잔일도 하여 주며 얻어먹다가, 한 번은 어떤 집 서방님에게 실없는 짓을 당하고 나서 쌀말과 피륙 두 필을 받아 보니 그처럼 좋은 벌이가 없어 차츰차츰 이번에는 자기가 스스로 벌이를 시작하여 마치 장사하는 사람이 거래 단골을 트듯이 이 사람 저 사람을 집어먹기 시작하더니, 그것도 차차 눈이 높아지니까 웬만한 목도꾼 패장이나 장돌림, 조금 올라가서 순사 나리쯤은 눈으로 거들떠보지도 않게 되고, 적어도 그곳에서는 돈푼도 상당하고 여간해서 손아귀에 들지 않는다는 자들을 얼러 보기 시작하게 되었던 것이다.

그 후부터는 일하지 않고 지내며 모양 내고 거드름 부리고 다니는데 자기 남편이 오면,

"이번에는 얼마나 땄습노?"

하고 푸르께한 눈을 사르르 내리뜬다.

"딴 게 뭔가, 밑천까지 올렸네."

삼보는 목 뒤를 쓰다듬으며 입맛을 다신다. 그러면 안협집은 전에 없던 바가지를 긁으며,

"불알 두 쪽을 달구서 그래 계집만두 못하단 말이요?"

하고서 할 말 못할 말을 불어서 풀을 잔뜩 죽여 놓은 뒤에는 혹시 서방이 알면 경을 내릴까 하여 노자랑 밑

천푼을 주어서 배송을 낸다. 그러면 울며 겨자 먹기로 삼보는 혼자 한숨을 쉬면서,

"허허, 실상 지금 세상에는 섣부른 불알보다는 계집 편이 훨씬 나니라."

하고 봇짐을 짊어지고 가 버린다.

이렇게 2,3년을 지내고 난 어느 가을에 삼돌이란 놈이 그 뒷집 머슴으로 왔는데 놈이 어느 곳에서 어떻게 빌어먹던 놈인지는 모르나 논 맬 때 콧소리나마 아리랑타령 마디나 똑똑히 하고 술잔이나 먹을 줄 알며, 동료들 가운데 나서면 제법 구변이나 있는 듯이 떠들어 젖히는 것이 그럴듯하고, 게다가 힘이 세어서 송아지 한마리 옆에 끼고 개천 뛰기는 밥 먹듯 하는 까닭에 동리에서는 호랑이 삼돌이로 이름이 높다.

놈이 음침하여 오던 때부터 동리 계집으로 반반한 것은 남모르게 모두 건드려 보았으나 안협집 하나가 내내 말을 듣지 않으므로 추근추근 귀찮게 구는데, 마침 여름이 되어 자기 집 주인마누라가 누에를 놓고 혼자는 힘이 드니까 안협집을 불러서 같이 누에를 길러 실을 낳거든 반분하자는 약속을 한 후 여름내 같이 누에를 치게 된 것을 알고 어떤 틈 기회만 기다리며,

"흥, 계집년이 배때가 벗어서 말쑥한 서방님만 어르더라. 어디 두고 보자. 너도 깩소리 못하고 한 번 당해야 할 걸? 건방진 년!"

하고는 술잔이나 취하면 주먹을 들었다 놓았다 한다.

그러다 주인마누라가 치는 누에가 거의 오르게 되자 뽕이 떨어졌다. 자기 집 울타리에 심은 뽕은 어림도 없이 다 따다 먹였고 그 후에는 삼돌이란 놈을 시켜서 날마다 십 리나 되는 건넛마을 일갓집 뽕을 얻어다 먹였으나 그것도 이제는 발가숭이가 되게 되었다.

인제는 뽕을 사다 먹이는 수밖에 없게 되었다. 그러나 사다가 먹이자면 돈이 든다.

주인 노파는 담뱃대를 물고서 생각하여 보았다.

'개량 뽕이 좋기는 좋지마는 돈을 여간 받아야지. 그리고 일일이 사서 먹이려다가는 뽕 값으로 다 들어가고 남는 것이 어디 있나?'

노파 생각에는 돈 한 푼 안 들이고 공짜로 누에를 땄으면 좋을 것이다. 돈 한 푼을 들인다면 그 한 푼이 전 수확에서 나오는 이익의 전부같이 생각되어 못 견디었다. 그뿐 아니라 자기 혼자 이익을 먹는 것 같으면 모르거니와 안협집하고 동사(同事)로 하는 것이므로 안협집이 비록 뼈가 부서지도록 일을 한다 하더라도 그 힘이 자기 주머니에서 나가는 돈 한 푼만 못해 보인다. 그래서 뽕을 어떻게 공짜로, 돈 안 들이고 얻어 올 궁리를

하고 있다가 안협집이 마침 마당으로 들어서니,

"뽕 때문에 일 났구려."

하며 안협집에게는 무슨 도리가 없느냐고 물어보았다.

"글쎄."

안협집 생각은 주인의 마음과 또 달라서 남의 주머닛돈 백 냥이 내 주머닛돈 한 냥만 못하다. 그래서 '돈 주면 살 걸.' 하는 듯이 심상하게 있다.

"어떻게 해서든지 구해 봐야지."

서로 얼굴만 쳐다볼 때 들에 나갔던 삼돌이란 놈이 툭 튀어 들어오다가 이 소리를 듣더니 제딴은 동정하는 표정으로,

"그것 일 났쇠다. 어떻게 하나……."

한참 허리를 짚고 생각을 해 보더니,

"형! 참, 그 뽕은 좋더라마는……. 똑 되기를 미선 조각같이 된 놈이 기름은 지르르 흐르는데 그놈을 먹이기만 하면 고치가 차돌같이 여물거야!"

들으라는 말인지 혼잣말인지는 모르나 한마디를 탁 던지고 말이 없다. 귀가 반짝 트인 주인은,

"어디 그런 것이 있단 말이야?"

하며 궁금증 난 사람처럼 묻는다.

"네, 저 새 술막에 있는 것 말씀이오."

혹시 좋은 수가 있을까 하다가 남의 뽕밭, 더구나 그것으로 살아가는 양잠소 뽕이라 말씨름만 하는 것이 될 것 같으므로,

"응! 나도 보았지. 그게 그렇게 잘되었나? 잘되었겠지. 그렇지만 그런 것이야 짐으로 있으면 무엇 하니?"

"언제 보셨어요?"

"보기야 여러 번 보았지. 올봄에 두릅 따러 갔다가도 보고."

삼돌이란 놈이 한참 있다가 싱긋 웃더니 은근하게,

"쥔마님! 제가 뽕을 한 짐 져다 드릴 것이니 탁주 많이 먹이시렵니까?"

듣던 중에도 그렇게 반가운 소리가 또 어디 있으랴.

"작히 좋으랴. 따 오기만 하면 탁주에다 젓이라도 담그마."

귀찮던 삼돌이도 이런 때에는 쓸 만하다는 듯이 안협집도 환심 얻으려는 듯한 웃음을 웃으며 삼돌이를 보았다. 삼돌이는 사내자식의 솜씨를 네 앞에서 보여 주리라 하는 듯이 기운이 나며 만족하였다.

그날 밤 저녁을 먹고 자정 때가 되더니 삼돌이는 눈을 비비며 일어나서 문밖으로 나갔다. 나갔다가 한두어 시간 만에 무엇인지 지고 오더니 그것을 뒤꼍 건넌방 창 밑에 뭉뚱그려 놓았다.

"어디서 났을꼬?"

주인하고 안협집은 수군수군하였다.

"그 녀석이 밤에 도둑질을 해 온 게지? 뽕은 참 좋소, 그렇지?"

"참 좋쇠다. 날마다 이만큼씩만 가져오면 넉넉히 먹이겠쇠다."

두 사람은 뽕을 또 따 오지 않을까 보아서 아무 말도 아니 하였다.

"참, 뽕 좋더라. 오늘도 좀 따 오렴."

하고 충동인다. 놈은 두 손을 내저으며,

"쉬, 떠드시지 맙쇼. 큰일 나죠. 그것이 그렇게 쉬워서야 그 노릇만 하게요? 까딱하다가는 다리 마디가 두 동강이 날 걸요."

도적해 온 삼돌이나 받아들인 두 사람이나 도둑질 왜 했소, 하는 말은 없으나 서로 알고 있다.

그러다 하루는 주인이 안협집더러,

"여보, 이번에는 임자가 하루 저녁 가 보구려. 그놈이 혹시 못 가게 되더라도 임자가 대신 갈 수 있지 않수. 또 꼬리가 길면 밟힌다구 무슨 일이 있을는지 모르니 임자와 둘이 가서 한몫 많이 따 오는 것이 좋지 않수?"

안협집이 삼돌이를 꺼리는 줄 알지마는 제 욕심에 입맛이 달아서 자꾸자꾸 충동인다.

"따다가 잡히면 어찌하구유."

"무얼! 밤중에 누가 알우? 그리고 혼자 가라오? 삼돌이란 놈하고 가랬지."

"글쎄, 운이 글러서 잡히거나 하면 욕이지요."

잡히는 것보다도 안협집의 걱정은 삼돌이란 녀석하고 밤중에 무인지경에를 같이 가라니 그것이 딱한 일이다. 안협집이 정조가 헤프기로 유명한 만큼 또 매몰스럽기도 유명하여 한번 맘에 들지 않는 것은 죽어도 막무가내다. 그것은 만냥금을 주어도 거들떠보지도 아니한다. 그런데 삼돌이가 그중에 하나를 참례하여 간장을 태우는 모양이다.

안협집은 생각하고 생각하여 결심해 버렸다.

'빌어먹을 자식이 그따위 맘을 먹거든 저 죽이고 나 죽지. 내 기운은 없어도……'

하고 찰찰하게 눈을 가로 뜨고 맘을 다잡아 먹었다. 그리고는 뽕을 따러 가기로 하였다.

삼돌이는 어깨에서 춤이 저절로 추어진다.

'애, 이것이 정말인가, 거짓말인가? 인제는 때가 왔구나. 인제는 제가 꼭 당했지.'

놈은 신이 나서 저녁 먹은 다음 마당 쓸고 소 여물 주고 돼지, 병아리 새끼 다 몰아넣고, 앞뒤로 돌아다니며 씻은 듯 부신 듯 다 해 놓고, 목물하고 발 씻고 등거리

잠방이까지 갈아입은 후 곰방대에 담배를 꾹꾹 눌러 듬뿍 한 모금 빨아 휘이 내뿜으며 시간 오기만 기다린다.

안협집은 보자기를 가지고 삼돌이를 따라서 뽕밭을 향하여 간다. 날이 유달리 깜깜하여 앞의 개천까지 자세히 보이지 않는다. 돌부리가 발부리를 건드리면 안협집은 에구 소리를 내며, 천방지축으로 다리도 건너고 논 이랑도 지나고 하여 절반쯤 왔다.

삼돌이란 놈은 속으로 궁리를 하였다.

'뽕을 따기 전에 논 이랑으로 끌고 가? 아니지, 그러다가는 뽕도 못 따 가지고 오면 어떻게 하게. 저도 열녀가 아닌 다음에 당하고 나면 할 말 없지. 아주 그런 버릇이 없는 년 같으면 모르거니와. 옳지, 수가 있어. 뽕을 잔뜩 따서 이어 주면 제가 항우의 딸년이라도 한 번은 중간에서 쉬렷다, 그러거든……'

이렇게 궁리를 하다가 너무 말이 없으니까 심심파적도 될 겸, 또는 실없는 농담도 해서 마음을 떠보아 나중 성사의 전제도 만들어 놓을 겸 공연히 쓸데없는 말을 지껄인다.

"삼보는 언제나 온답디까?"

"몰라, 언제는 온다 간다 말이 있어 다니나."

"그래, 영감은 밤낮 나돌아다니니 혼자 지내기 쓸쓸치도 않소?"

놈이 모르는 것같이 새삼스럽게 시치미를 뗀다.

"별 걱정 다 하네. 어서 앞서 가, 난 길이 서툴러 못 가겠으니……."

"매우 쌀쌀하구려. 나는 임자를 위해서 하는 말인데. 그렇지만 김 참봉 아들이란 쇠귀신 같은 놈이라 아무리 다녀도 잇속 없습네. 내 말이 그르지 않지."

안협집은 삼돌이가 아주 터놓고 말을 하는 것을 듣자 분해서 뺨이라도 치고 싶었으나 그대로 참으며,

"무엇이 어째? 말이라면 다 하는 줄 아는군!"

하고 뒤로 조금 떨어져 걸어갈 제, 전에도 그 녀석이 미웠지마는 남의 약점을 들어 가지고 제 욕심을 채우려는 것이 더 더러웠다.

뽕밭에 왔다. 삼돌이란 놈이 철조망으로 울타리 한 것을 들어 주어 안협집이 먼저 들어가고 나중으로 삼돌이란 놈은 그 무거운 다리를 성큼하여 그 안으로 들어갔다. 들어가다가 발 아래 삭정이 가지를 밟아서 우지끈 소리가 나고 조용하였다.

삼돌이는 손에 익어서 서슴지 않고 따지마는 안협집은 익지도 못한 데다가 마음이 떨리고 손이 떨려서 마음대로 안 된다.

삼돌이는 뽕을 따면서도 이따가 안협집을 꾈 궁리를

하지마는 안협집은 이것저것 잊어버리고 손에 닥치는 대로 뽕을 땄다.

얼마쯤 땄다. 갑자기 안협집의 뒤에서,

"누구야!"

하고 범 같은 소리를 지르는 남자 소리가 안협집의 간담을 서늘하게 하였다.

삼돌이란 놈은 한 길이나 되는 철망을 어느 결에 뛰어 넘었는지 십여 간통이나 달아나서 안협집을 불렀다.

"어서 와요! 어서, 어서."

그러나 안협집은 다리가 떨려서 빨리 나와지지를 않는다. 그러나 죽을힘을 다하여 달아나려고 한아름 잔뜩 땄던 뽕을 내던지고 철망으로 기어왔다. 철망을 기어 나오기는 나왔으나 치맛자락이 걸려서 잡아당긴다. 거기에 더 질겁해서 그대로 쭉 찢고 나오려 할 때, 때는 이미 늦었다. 뽕 지키던 남자는 안협집을 잡았다.

"이 도둑년! 남의 뽕을 네 것같이 따 가? 온 참, 이년! 며칠째냐, 벌써? 이렇게 남의 것이라고 건깡깡이로 먹으면 체하지 않을 줄 알았더냐? 저리 가자."

안협집은,

"살려 주소. 제발 잘못했으니 살려만 주소. 나는 오늘이 처음이오. 저 삼돌이란 놈이 날마다 따 갔지. 나는 죄가 없쇠다."

하고 손이 발이 되도록 빈다.

"듣기 싫어. 이년아! 무슨 변명이냐. 육시를 하고도 남을 년 같으니. 왜 감옥소의 콩밥 맛이 고소하더냐?"

"그저 잘못했습니다."

삼돌이는 보이지 않고 뽕지기는 안협집 손목을 끌고 뽕밭으로 들어갔다.

"이리 와! 외양도 반반히 생긴 년이 무엇이 할 게 없어 뽕 서리를 다녀?"

하더니 성냥불을 그어 대고 안협집을 들여다보더니,

"흥!"

의미 있는 웃음을 웃어 보였다.

안협집은 이 웃음에 한 가닥 희망을 얻었다. 그 웃음은 안협집의 손아귀에 자기를 갖다 쥐어 준다는 웃음이다. 안협집은 따라서 방싯 웃었다. 그 웃음 한 번이 넉넉히 뽕지기의 마음을 반 이상이나 희죽 풀어지게 하였다.

안협집은 끌려갔다.

'제가 철석 같은 간장을 가진 놈이 아닌 바에……, 한 번이면 놓아 줄 걸.'

그는 자기의 정조를 팔아서 자기의 죄를 면할 수 있음을 알았다. 그는 마지못한 체하고 끌려갔다.

삼돌이란 놈은 멀리서 정경만 살피다가 안협집을 뽕

지기가 데리고 가는 것을 보더니 두 눈에서 쌍심지가 돋았다.

"얘, 이놈이 호랑이 삼돌이를 모르는 모양이다. 그러나 대관절 어떻게 할 셈이냐? 이놈, 안협집만 건드려 보아라. 정강마루를 두 토막으로 내놓을 터이니. 오늘 밤에는 내 것이던 걸 그랬지. 어디 좀 가까이 가 볼까?"

이제는 단판 씨름이라 주먹이 시비 판단을 하는 때이다. 다시 철망을 넘어서 들어갔다. 들어가서는 이곳저곳 귀를 기울이며 이 구석 저 구석으로 돌아다녀 보았다. 저쪽에서 인기척이 웅얼웅얼하더니 아무 말이 없다. 한 두서너 시간 그 넓은 뽕밭을 헤매고 또 거기 닿는 과목밭, 채마전, 나중에는 그 옆 원두막까지 가 보았다. 놈이 뽕나무밭 가운데 부풀 덤불을 보지 못한 까닭이다.

그는 입맛만 다시면서 집으로 와서 주인에게 그 이야기를 했다. 노파의 눈은 등잔만해지더니 두 손, 두 다리가 사시나무 떨 듯했다.

"이거 일 났구나. 어쩌면 좋단 말이냐?"

좌불안석을 할 제, 삼돌이란 녀석은 분한 생각에 곰방대만 똑똑 떨고 앉았다.

그날 새벽에 안협집은 무사히 왔다. 머리에 지푸라기가 묻고 몸 매무새가 말이 아니다.

"에그, 어떻게 왔어! 응?"

주인은 눈에 눈물이 괴어서 어루만진다.

"무얼 어떻게 와요? 밤새도록 놈하고 승강이를 하다가 그대로 왔지."

"그대로 놓아 주던가?"

"놓아 주지 않고 붙잡아 두면 어찌할 테야?"

일이 너무 싱겁다. 삼돌이 놈만 혼잣말처럼,

"내가 잡혔더라면 콩밥을 먹었을걸, 여편네니까 무사했지."

주인은 그래도 미진해서,

"그래, 잘 놓아 주었으니 다행이지. 그러나저러나 뽕은 어떻게 되었소?"

"아! 뺏겼죠!"

"인제는 아무 일 없겠소?"

"일이 무슨 일예요?"

그날 밤에 삼돌이란 놈이 혼자 앉아서 생각하기를,

'복 없는 놈이 하는 수가 없거든. 그러나 내가 다 눈치를 채었으니까 노름꾼 놈이 오거든 이르겠다고 위협을 하면 그년도 발이 저려서 그대로는 못 있지, 내 입을 안 씻기고 될 줄 아는 게로구먼.'

그 후부터는 삼돌이란 놈이 안협집을 보고는,

"뽕지기 놈을 보고 싶지 않습나?"

하고 오고가며 맞대놓고 빈정대기도 하고 빗대 놓고도 비웃는다.

"뽕이나 또 따러 가소."

이러는 바람에 온 동리에서 다 알았다. 안협집은 분해서 죽겠는데, 하루는 삼돌이란 놈이 안협집이 막 이불을 펴고 누우려는데 찾아와서 추근추근 가지도 않고,

"삼보 김서방이 올 때도 되었습네그려."

하며 눈치를 본다. 안협집은 졸음이 와서 눈꺼풀이 뻣뻣하여 오는데 삼돌이란 놈이 가지도 않는 것이 귀찮아서,

"누가 아우. 오고 싶으면 오고 가고 싶으면 가겠지!"

하고 담벼락에 비스듬히 기대앉는다.

삼돌이의 눈에는 그 고단해 하면서 비스듬히 누워서 눈을 감을락 말락 한 안협집의 목덜미 살적 밑이며 불그레한 두 볼이 몹시 정욕을 일으켰다. 그래서 차츰차츰 말소리가 음흉해 간다.

"임자는 사람을 너무 가려 봅디다. 그러지 마슈. 나도

지금은 남의 집 머슴이지마는 집안 자체라든지, 젊었을 적에는 그래도 행세하는 집에서 났더라우. 지금은 그놈의 원수스런 돈 때문에 이렇게 되었지마는……."

하고 말을 건네려 하는데 안협집은 별 시러베자식 다보겠다는 듯이 대답이 없다.

"자! 그럴 것 있소. 오늘은 내 청을 한 번 들어 주소그려."

하고 바싹 달려드는 바람에 반쯤 감았던 안협집의 눈은 똥그래지며 어느 결에 삼돌이의 뺨에 손이 올라가 정월에 떡 치듯 철썩한다.

"이놈! 아무리 쌍녀석이기로 이게 무슨 버르장머리냐, 냉큼 나가거라!"

하고 호령이 추상 같다. 삼돌이란 놈은 따귀를 비비면서 성이 꼭두까지 일어나서,

"무엇이 어쩌고 어째. 횟! 어디 또 한 번 때려 봐라."

일이 이렇게 되었으니 자기가 하려던 것은 이루고 마는 것이 상책이다. 이래도 소문은 날 것이요, 저래도 소문은 날 것이니 이왕이면 만족이나 채우고 소문이 나더라도 나는 것이 자기에게는 이로울 것 같았다.

더구나 안협집으로 말을 하면 온 동리에서 판 박아 놓은 화냥년이니 한 번 화냥년이나 두 번 화냥년이나 남이나 내나 무엇이 다를 것이 있으랴 하는 생각이 났다. 도리어 자기의 만족을 한 번 얻는 것이 사내자식으로서

일종의 자랑인 것같이 생각되었다.

그는 두 팔로 안협집을 힘껏 끌어안고,

"내가 호랑이 삼돌이다! 네가 만일 내 말을 들으면 무사하지만 그렇지 않으면 그대로 두지는 않을 테야! 네 남편이 오기만 하면 모조리 꼬아바칠 테야! 뽕 따러 갔던 날 일까지 모조리!"

무식한 놈이라 야비한 곳이 있다. 안협집은 그 소리가 얼마나 사내답지 못했는지 알 수 없었다. 쇠 같은 팔이 자기 허리를 누를 때 눈을 감고 한 번 허락할까 하려다가 그 말을 듣고서 그만 침을 얼굴에 뱉었다.

"이 더러운 녀석! 네가 그까짓 것으로 나를 위협한다고 말을 들을 줄 아니?"

하고 소리를 질렀다. 삼돌이는 손으로 안협집의 입을 막았으나 때는 늦었다. 마침 마을 다녀오던 이장의 동생이 이 소리를 듣고 문을 열었다.

삼돌이란 놈은 무안해서 얼굴이 붉어지며 안협집을 놓았다. 안협집은 분해서 색색거리며,

"저놈 보시오. 아닌 밤중에 혼자 자는 데 와서 귀찮게 굽니다, 저 죽일 놈이요. 좀 끌어내다 중치(重治)를 좀 해 주시오."

이장의 동생은 안협집의 행실을 아는 고로 삼돌이만 보내려고,

"이놈, 할 일이 없거든 자빠져 자기나 하지, 왜 아닌 밤중에 남의 계집 방에서 지랄이야? 냉큼 네 집으로 가거라!"

두 눈이 등잔만해진다.

"네, 그런 게 아니라 실없이 기롱(譏弄)을 좀 했삽더니……."

"듣기 싫어! 공연히 어름어름하면서. 이놈아! 너는 사람을 죽여도 기롱으로 아느냐!"

삼돌이는 쫓겨났다. 이장의 동생은 포달을 부리며 푸념을 하는 안협집을 향하여,

"젊은 것이 늦도록 사내 녀석들을 방에다 붙이니까 그런 꼴을 당하지."

"누가요?"

"고만둬! 어서 잠이나 자."

하며 문을 닫아 주고 나가 버렸다.

삼돌이는 앙심을 먹었다. 안협집을 어떻게 해서든지 한 번 곯리리라는 생각이 가슴속에 탱중(撑中)하였다. 안협집은 독이 났다. 삼돌이란 놈 분풀이를 하려는 생각이 머리끝까지 올라왔다.

이튿날 동리에 소문이 났다.

　"삼돌이란 놈이 뺨을 맞았다지? 녀석이 음침하니까!"

　"그렇지만 계집년이 단정하면 감히 그런 맘을 먹을라구!"

　"지가 먼저 꼬리를 쳤던 게지."

　이 소리가 바람에 떠돌자 안협집은 분했다. 요조숙녀보다 빙설(氷雪)같은 여자인데 이런 누추한 소문을 듣는 것 같았다. 맘에 드는 서방질은 부정한 일이 아니요, 죄가 아니요, 모욕이 아니나 맘에 없는 놈에게 그런 소리를 듣고 당하는 것은 무서운 모욕 같았다.

　그는 그 길로 삼돌이 주인마누라에게로 갔다.

　"삼돌이란 녀석을 내쫓으소."

　주인은 벌써 알아채었으나 안협집 편을 안 들었다. 다만 어루만지는 수작으로,

　"무얼 내쫓을 것까지 있소, 그만 일에……. 그저 눈 감아 두지."

　"왜 눈을 감는단 말이요?"

　주인은 속으로 웃었다.

　'소 한 필을 달라면 줄지언정 삼돌이를 내놔?'

　하였다.

　"내쫓아선 무얼 하우, 또."

　'어림없는 년! 네가 떠들면 떠들수록 네 밑구멍 들춰서 남 보이는 짓이다.' 는 듯이 쳐다보며 맨 나중으로 아

주 잘라 말을 해 버렸다.

"나는 못 내보내겠소."

안협집은 분해서 집에 와서 머리를 쥐어뜯으며 울었다. 그리고 또 결심했다.

"두고 봐라. 너희들까지 삼돌이를 싸고도니! 영감만 와 봐라."

하루는 딴은 영감이 왔다. 안협집은 곤두박질을 하면서 맞았다.

"에그, 어서 오슈."

노름꾼 김삼보는 눈이 뚱그레졌다. 무슨 큰 좋은 일이나 생긴 것 같았다. 다른 때와 유달리 반가워하는 것이 의심스럽고 이상하였다.

방에 들어앉자마자 얼마나 땄느냐는 말도 물어보지 않고 삼돌이란 놈에게 욕 당할 뻔하였다는 말을 넋두리하듯 이야기하였다.

"사람이 분해서 죽겠구려. 이것도 모두 영감 잘못 둔 탓이야. 오죽 영감이 위엄이 없어 보이면 그따위 녀석이 그런 짓을 할라고…… 영감이라고 있으나 없으나 마찬가지지, 1년 열두 달 계집이 죽거나 살거나 내버려두고 돌아만 다니니까……."

영감은 픽 웃었다.

"왜 내 잘못인가? 오죽 행실을 잘 가지면 그따위 녀

석에게 그 꼴을 당한담."

김삼보는 분이 나지 않는 것도 아니었다. 그러나 계집의 소행을 짐작도 하려니와 그놈의 주먹도 아니 생각할 수 없었다. 계집이 먹여 살리라는 말이 없고 이혼하자는 말만 없는 것이 다행해서 서방질을 해도 눈을 감아 주고 무슨 짓을 하든지 그저 코대답만 해 주는 터이라 그런 소리가 귓전으로 들릴 뿐이다.

"내가 행실 잘못 가진 게 무어요?"

안협집은 분풀이라도 해 줄 줄 알았더니 도리어 타박을 주므로 분한 데 악이 났다.

"글쎄, 무어야! 무엇? 어디 대 봐요? 임자가 내 행실 그른 것을 보았소? 어디 보았거든 본 대로 말을 하시우."

딴은 김삼보는 집어서 말할 것이 없었다. 그는 그저 그런 눈치만 채었지 반박할 증거는 잡은 것이 없다.

"본 거나 다름없지!"

"무엇이 본 거나 다름없어? 1년 열두 달 계집이 죽거나 살거나 내버려 두었다가 이제 와서 한다는 소리가 그것밖에 없어? 살기가 싫거든 그대로 살기 싫다고 그래, 사내답게. 왜 그만 냄새가 나지? 또 어디다가 계집을 얻어 놓은 게지."

"이년이 뒈지지를 못해서 기를 쓰나?"

"그렇다. 이놈아! 네까짓 녀석 아니면 서방 없을까 봐

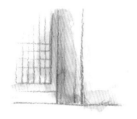

그러니, 더러운 녀석!"

김삼보의 주먹은 안협집의 등줄기를 우렸다.

"이년, 이래도 잔소리야. 주둥이 좀 닥치지 못하겠니……."

이렇게 서로 툭탁거리며 싸우는 판에 뒷집에서 삼돌이란 놈이 이 소리를 듣고서 가장 긴한 체하고 달려왔다.

"삼보 김서방 언제 오셨소?"

하고 마당에 들어섰다. 김삼보는 그놈의 상판을 보자 참았던 분이 꼭두까지 올라온다. 삼돌이는 제법 웃음을 띠고,

"허허, 오래간만에 만났대서 내외분 싸움이 웬일이시우."

어디서 한잔을 하였는지 얼굴이 불콰하다.

김삼보는 눈을 흘겨 뚫어지도록 삼돌이를 쳐다보았다.

"이놈아! 남이사 내외 싸움을 하든 말든 참견이 무어야!"

삼돌이란 놈은 주춤하였다. 그는 비지 같은 눈곱이 낀 눈을 끔벅끔벅하더니,

"그렇게 역정을 내실 것 무엇 있수. 말 좀 했기로……."

"아랑곳은 할 것 없어도 흥정은 붙이고 싸움은 말리

랬으니까 말이요. 나는 싸움 좀 못 말린단 말이요?"

하고 술 냄새를 풍기며 다가앉는다.

"이놈아! 술을 먹었거든 곱게 삭여!"

이번에는 삼돌이란 놈이 빌붙는다.

"니, 술 먹고 어찌하든 김서방이 관계할 게 무어요."

"이놈아! 남의 내외 싸움에 참견을 하니까 그렇지."

주고받다가 삼돌이의 멱살을 김삼보가 쥐었다.

"이 녀석, 네가 무슨 뻔뻔으로 이따위 수작이냐? 내 계집 이놈, 왜 건드렸니?"

삼돌이는 조금 발이 저렸으나 속으로 흥, 하고 웃었다.

"요까짓 게 누구 멱살을 쥐어? 앙증하게……."

하더니 김삼보의 팔을 잡아 마당에다가 내리갈기니 개구리 떨어지듯 객 한다.

"요놈의 자식아! 내 말을 좀 들어보고 말을 해! 네 계집 흠절은 모르고 덤비기만 하면 강산이냐? 이 동리 반반한 사내 양반 쳐 놓고 네 계집 건드리지 않은 놈이 없다. 이놈! 꼭 집어 말을 하라면 위에서 아래로 내리 섬기마. 이놈, 너도 계집 덕분에 노잣냥, 노름 밑천푼 좋이 얻어 썼지. 그래, 집이라고 오면서 볼 받은 것이나마 옥양목 버선 벌이나 얻어 가지고 가는 것은 모두 어디서 나온 것으로 아니? 요 땅딸보, 오리 궁둥아! 아무리 속이 밴댕이 같기로……. 그리고 또 들어봐라. 나중에는 주워 먹다 주워 먹다 못해서 뽕지기까지 주워 먹었다."

안협집이 파래서 달려든다.

"이놈, 네가 보았니?"

"보나 안 보나 일반이지."

"이 녀석, 네 말을 듣지 않으니까 된 말 안 된 말 주둥이질을 하는구나."

동리 사람이 모여들었다. 안협집은 삼돌이에게 발악을 하고 김삼보는 듣고만 있다. 한참 있더니 듣다듣다 못하는 듯이 삼돌이란 놈이 안협집에게로 달려들며,

"이년이 뒈지려고 기를 쓰나?"

하고 주먹을 들었다. 동리 사람들이 호령을 하고 말렸다.

"이놈! 저리 얼른 가거라!"

이놈은 변명을 하며 뻗딩겼다. 그러나 여러 사람에게 끌려 저리로 가 버렸다.

사람들이 헤어지자 노름꾼은 계집의 머리채를 잡았다. 그는 삼돌이에게 태질을 당한 것이 분하였다. 그뿐 아니라 그렇게까지 계집년의 행실을 온 동리에서 아는 것이 분하였다.

"이년! 더러운 년! 뽕밭에는 몇 번이나 갔니?"

발길로 지르고 주먹으로 패고 머리채를 잡아당기고 땅에다 질질 끌었다. 그는 이를 갈고 어쩔 줄을 몰랐다. 계집은 울고 발버둥을 쳤다.

"죽여라! 죽여!"

"그럼 살려 줄 줄 아니? 이년! 들어앉아서 하는 게 그런 짓밖에는 없어?"

김삼보는 자기의 무딘 팔다리가 계집의 따뜻하고 연한 몸에 닿을 때 적지 않은 쾌감을 느끼었다. 그는 그럴수록 더욱 힘을 주어 때리도록 속에 숨겨 있던 잔인성이 북받쳐 올라왔다.

맞는 안협집은 당장에 죽을 것 같았다. 그는 생각하기를, 이왕 이리 된 바에야 모두 말해 버리고 저 하고 갈라서면 고만이지, 언제는 귀밑머리 풀고 사주단자 보내고 사당에 예배 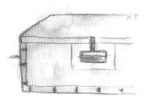 드린 내외냐, 저는 저고 나는 난데 왜 이렇게 때리노? 하는 맘이 나며,

"이것 봐라! 내 말하마!"

하고 머리를 붙잡았다.

"뽕밭에는 한 번밖에 안 갔다. 어쩔 테냐?"

삼보는 더욱 머리채를 잡아챘다.

"이년! 한 번?"

이번에는 더 때렸다. 안협집은 말한 것이 후회가 났다. 삼보는 그래도 거짓말을 한다고 그대로 엎어 놓고 짓밟았다. 안협집은 기절을 하였다. 삼보는 귀로 안협

집의 숨소리를 들어보았다. 그러나 숨소리가 없다. 그
는 기겁을 하여 약국으로 갔다. 그의 팔다리는 떨렸다.

그가 의원에게서 약을 지어 가지고 왔을 때 안협집은
일어나 앉아 있었다. 삼보는 반갑기도 하고 분하기도 하
여 약을 마당에 팽개쳤다. 그리고 밤새도록 서로 말이
없었다. 이튿날은 벙어리들 모양으로 말이 없이 서로 앉
아 밥을 먹고, 서로 앉아 쳐다보고, 서로 말만 없이 옷
도 주고받아 갈아입고, 하루를 더 묵어 삼보는 또 가 버
렸다.

안협집은 여전히 동리집 공청 사랑에서 잠을 잤다. 누
에도 따서 삼십 원씩 나눠 먹었다.

❻

지형근

지형근(池亨根)은 자기 집 앞에서 괴나리봇짐 질빵을 다시 졸라매고 어머니와 자기 아내를 보았다. 어머니는 마치 풀 접시에 말라붙은 풀 껍질같이 쭈글쭈글한 얼굴 위에 뜨거운 눈물 방울을 떨어뜨리며 아들 형근을 보고 목메이는 소리로,

"몸이 성했으면 좋겠다마는 섬섬약질이 객지에 나서면 오죽 고생을 하겠니. 잘 적에 덥게 자고 음식도 가려 먹고 병날까 조심하여라! 그리고 편지해라!"

하며 느껴 운다.

형근의 젊은 아내는 돌아서서 부대로 만든 행주치마로 눈물을 씻으며 코를 마셔 가며 울면서도 자기 남편을 마지막 다시 한 번 보겠다는 듯이 훌쩍 고개를 돌리어 볼 적에 그의 눈알은 익을 둥 말 둥한 꽈리같이 붉게 피가 올라갔다.

"네, 네!"

형근은 대답만 하면서 얼굴빛에 섭섭한 정이 가득하

고 가슴에서 북받치는 눈물을 참느라고 코와 입과 눈썹이 벌룩벌룩한다.

동리 사람들이 그 집 문간에 모두 모여 섰다. 어렸을 적 친구들은 평생 인사를 못해 본 사람들처럼 어색한 어조로 인사들을 한다.

어떤 사람은 체면치레로 말 한마디 던져 버리고 그대로 돌아서 저쪽에 가 서는 사람들도 있지마는, 어떤 늙은이는 머리서부터 쓰다듬어 내려 마치 어린애같이 볼기짝을 두드리면서,

"응, 잘 다녀오게, 돈 많이 벌어 가지고 오게. 허어, 기막힌 일일세. 자네 같은 귀둥이 노동을 하려고 집을 떠나간다니, 자네 어른이 이 꼴을 보시면 가슴이 막히실 일이지."

하는 두 눈에서는 진주 같은 눈물이 괴어오르다가 흰 눈썹이 섬세하고 쌍꺼풀이 진 눈을 감았다 뜰 때 희끗희끗한 눈썹 위에는 눈물이 구을러 맺힌다. 노인이 우는 바람에 어머니와 아내의 울음소리는 더 잦아지며 동리 집 노파들도 눈물을 씻고, 젊은 장정들은 초상집에 가서 상제 우는 바람에 부질없이 나오는 울음을 참으려는 것같이 코들만 들이마시기도 하고 눈만 슴벅슴벅하고 있다.

형근도 눈물을 씻으며 어머니께 인사를 하고 다시 동

리 사람을 향하여 작별을 하였다.

자기 아내는 도리어 보는 것이 마음을 약하게 해 주는 것이며 장부의 할 만한 짓이 아니라는 듯이 보지도 않고 돌아서서 동구로 향하였다. 동리 늙은이와 자별한 친구들은 뒤를 따라와 주며, 어린아이들은 마치 출전하는 장군 앞에 선 군대들같이 앞에도 서고 뒤에도 서서 따라온다.

형근은 가다가 돌아보고 또 가다가 돌아 보았다. 얼마큼 오니까 아이들도 다 가고 따라오던 사람들도 다 흩어지고 자기 혼잣몸이 고개 마루턱에 올라섰다.

뒤를 돌아다보니 자기가 살던 이십여 호밖에 보이지 않는 촌락이 밤나무, 느티나무 사이에 섞여 있다. 자기 집 앞에는 사람들이 흩어지고 어머니와 자기 아내만 여전히 자기 뒤를 바라보고 섰다.

그는 여태까지 나지 않던 눈물이 어디서 나오는지 폭포같이 쏟아진다. 아침 해가 기쁜 듯이 잔디 위 이슬에서 오색 빛을 반사하고 송장메뚜기가 서 있는 감밭 위에 반갑게 튀어오르나 그것도 보이지 않는다.

분홍 저고리에 남조각으로 소매에 볼을 받아 입고 왜반물 치마에 부대쪽 행주치마를 입고 백랍 비녀에 가짜 산호 반지를 낀 자기 아내 생각을 할 제, 스물두 살 먹은 이 젊은 사람의 가슴은 터질 것 같았다.

그는 한 발자국에 돌아서고 두 발자국에 돌아섰다.

멀리 보이는 자기 집은 아침 해의 그늘이 비추인 산 모퉁이에 가리어 보이지 않았다.

그는 5리쯤 가서 단념하였다.

"내가 계집애에게 끌려서 이렇게 약한 마음을 먹다 니! "

그는 마치 번개같이 주먹을 내흔들었다. 그리고 벌건 진흙이 묻은 발을 땅이 꺼져라 하고 더벅더벅 내놓았다.

그는 고개를 쳐들었다. 가슴을 내놓았다. 하늘은 한 없이 높이 개었는데 넓은 벌판 한 가운데 신작로로 나 서니까 그 가슴속에는 끝없는 희망이 차는 듯하였다.

가면 된다. 이대로 가기만 하면 내 주먹에 지전 뭉텅 이를 들고 온다. 그는 열흘 갈 길을 하루에 가고 싶었 다.

그때 강원도 철원군에는 팔도 사람이 다 모여들었었 다. 그 모여드는 종류의 사람인즉 어떠냐 하면 대개는 시골서 소작농들을 하다가 동양척식회사에 소작권을 잃 어버린 사람이 아니면 일확천금의 꿈을 꾸고 허욕에 덤 빈 사람들이었다.

그것은 철원에 수리조합이 생기며 그 개간 공사로 노 동자를 사용하는 까닭도 있지만 금강산 전기철도(金剛

山電氣鐵道)가 놓이며 철원은 무서운 속력으로 발전을 하는 데 따라서 다소간의 금융이 윤택하여지며 멀리서 듣는 불쌍한 사람들의 마음을 충동이어 '나도 철원, 나도 평강(平康)' 하고 덤비게 된 것이다.

노동자자 모여 주막이 늘고 창기가 늘었다.

자본 있는 자들은 노동자가 많이 모여들수록 임금을 낮춰서 얼마든지 그들의 기름을 짜내었다. 그러나 그렇게 기름을 짜낸 돈은 또 주막과 창기가 짜내었다. 남은 것은 언제든지 빈 주먹이었다.

평화스런 철원읍에는 전기철도라는 괴물이 생기더니 풍기와 질서는 문란할 대로 문란하여졌다.

그래도 경상도, 경기도 여기저기 할 것 없이 모든 것을 쓸어 버린 불쌍한 농민들은 요행을 바라고 철원, 평강으로 모여들었다.

지형근도 지금 그러한 괴물의 도가니, 피와 피를 빨아먹고 짓밟고 물어뜯고 볶는 도가니를 향하여 가며 가슴에는 이상의 꽃을 피게 하고 있는 것이나, 마치 절벽 위에서 신기루(蜃氣樓)에 홀려서 한 걸음 두 걸음 끝을 향하여 나가는 것이다.

그는 오십 리를 못 가서 발이 부르텄다. 그는 한 시간에 십 리를 걸었다 하면 지금은 그것의 절반 5리도 못 걸었다.

그는 발 부르튼 것을 길가에 서서 지끗지끗 눌러 보

며 혼자 속으로,

"흥, 올 적에는 기차 타고 온다. 정거장에서 집까지가 5리밖에 안 되니 그때는 잠깐 걷지……."

그러나 그는 주머니 속을 생각하여 보았다. 발병이 나지 않고 그대로 줄창 잘 걸어간다 해도 닷새나 돼야 들어갈 것이다. 그러면 주머니에 있는 행자는 얼마냐? 빠듯하게 쓰고도 남을지 말지 하다.

해는 져 간다. 가슴에서는 공연히 무서운 생각이 났다. 만일 발병이 더하여 길을 못 가게 되면 어찌하나.

그는 용기가 줄어들고 희망에 구름이 끼는 것 같았다.

그는 비척비척 맥이 없이 걸어가며 궁리해 보았다. 그는 자기가 가는 길가에 아는 사람의 집을 모조리 생각해 보았다.

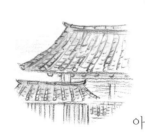

말할 만한 집이 하나도 없었으나 거기서 한 십 리쯤 샛길로 휘어 들어가면 거기 큰 촌이 하나 있었다. 그 촌 이름을 여기에 쓸 필요가 없으니 그만두지마는 그 촌에는 자기 아버지가 한참 호기 있게 돈을 쓰고 그 근처 읍에 이름 있는 쪽자로 있을 때 소작인으로 있던 사람이 생각난다.

그는 그를 자기 집 사랑에서 자기 아버지 앞에 황송한 태도로 앉아 있는 것을 보기는 보았을지라도 그의 집을 찾아간 일은 물론 없었다.

"옳지……."

형근은 무릎을 쳤다.

"김서방을 찾아가면 얼마간이라도 돌릴 수가 있을 터이지. 거저 달래는 것인가? 돌아올 때 갚을걸!"

그는 김서방의 상전이란 관념이 있다. 옛날에 자기 아버지의 은덕으로 살아간 사람이니까 은덕을 베푼 자의 아들의 편의를 보아 주는 것도 떳떳한 일이라 하였다. 즉 자기 마음이 그러니까 남의 마음도 그러하리라 하였다.

그는 허위단심 김서방 집을 찾았다. 그 집 앞에는 훤한 논과 밭이 있고 집은 대문이 컸다.

주인을 찾으니 정말 김서방이 나왔다. 김서방은 반가워하면서도 놀랐다.

"이게 웬일이야?"

김서방은 존대도 아니요, 어리벙벙하게 말을 해 버렸다. 형근은 이것이 의외였다. 아무리 세상이 망해서 내가 제 집을 찾아왔기로 어디를 보든지 말버릇이 그렇게 나오지는 못할 것이었다.

"어서 들어가세."

이번에는 허세가 나왔다. 형근의 얼굴은 노래졌다가 다시 붉어졌다.

그는 대답이 없었다. 마당에 서서 해만 바라보았다.

해는 벌써 저쪽 서산 위에 반쯤 걸렸다.

그러나 그는 단념하였다. 자기가 노동을 하러 괴나리 봇짐을 나가는 이 시대에서는 무엇보다도 돈이 있어야 한다. 돈만 있으면 무엇이든지 된다. 양반도 되고 남을 부릴 수도 있으니까 자기도 돈을 벌어서 다시 옛날의 문벌을 회복하고 남도 부려 보리라 하였다. 그러니까 지금은 참아야 한다. 숙명적으로 그는 자기가 이렇게 된 것이니까 단념하지 않을 수가 없었다.

옛날에는 문벌만 있으면 무슨 짓 — 사람을 죽이고도 무사하였던 것이나 마찬가지로 지금은 돈 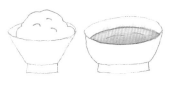 만 있으면 무슨 짓이든지 괜찮다는 관념이 한층 깊어지며 그는 얼핏 목적지에 가서 돈을 벌어 가지고 오고 싶었다.

그는 분을 참고 그 집에서 잤다. 김서방은 옛날의 어린 주인을 잘 대접하였다. 그는 밥상을 내놓으면서도 웃고 정한 자리를 펴 주면서도 웃었다. 또는 떠날 때도 종종 들르라고 하면서 웃었다.

김서방은 지금처럼 만족하고 좋은 때가 없었다. 그것은 다른 것이 아니라 여태까지 자기가 깨닫지 못하였던 자랑을 깨달은 까닭이다. 즉 옛날에 자기가 고개를 숙이던 사람의 자식이 자기 집에 와서 숙식을 빌게 될 만큼 자기가 잘된 것에 만족한 것이었다.

　형근은 또 주저주저하였다. 어젯밤부터 궁리도 하여 보고 분한 생각에 단념도 하여 보고 다시 용기도 내어 보던 돈 취할 일, 가장 중대한 일이 그대로 남은 까닭이었다. 그는 눈 딱 감고,

　"여봅쇼!"

　하였다. 그는 목소리가 떨리며 자기가 얼마나 비열하여졌는지 스스로 더러운 생각이 났다.

　말을 하였다. 김서방은 벌써 알아챘다는 듯이 또 웃으며 생색내고 소청한 돈의 3분지 2를 주었다.

　형근은 그 돈을 들고 나오며 분개도 하고 욕도 하고 또는 홀연한 생각이 나서 정신없이 앞만 보고 갈수록 그는 돈이 얼마나 필요한가를 새삼스러이 느끼는 것 같았다.

　형근은 다리로 자기가 걸어온 것이 아니라 팔과 머리로 다리를 끌어온 것 같았다.

　그는 예정보다 사흘이 늦어서 철원에 도착하였다. 그는 한 다리를 건너면서 두 팔을 벌릴 듯이 반가워하였다. 그는 자기더러 오라고 편지를 한 동향 친구를 찾아가서 지금까지 지고 온 봇짐을 벗어 놓을 때, 그는 모든 괴로움과 압박에서 벗어나는 듯하였다.

그러나 그의 짐을 벗어 놓은 것은 어깨를 가볍게 함이 아니라 그 위에 더 무거운 짐을 지우기 위함이었다.

그는 자기 친구를 찾았을 때 여간한 환멸을 느끼지 않았다. 우선 그가 있는 집이라는 것은 마치 짐승의 우릿간과 같은데 거기서 여러 십 명 사람들이 도야지들 모양으로 옹기종기 모여 있었다.

땅을 파고 서까래를 버틴 후 그 위에 흙을 덮고 약간의 지푸라기로 덮어 놓은 것이 그들의 집이다. 방 안에 발에는 감발이며 다 떨어진 진흙 묻은 양말 조각이 흐트러져 있고 그 속은 마치 목욕탕에 들어간 것같이 숨이 막힐 듯한 냄새가 하나 가득 찼었다.

물론 광선이 잘 통할 리가 없었다. 캄캄하여 눈앞을 잘 분간할 수 없는 그 속에는 사람의 눈들만 이리 굴고 저리 굴고 하였다. 그는 손으로 더듬어서 그 속을 들어갔다.

발길에는 사람의 엉덩이도 채여지고 허구리도 건드려졌다. 그럴 적마다 그들은 굶주린 맹수 모양으로 악에 바친 듯이 소리를 질렀다.

그는 친구의 권하는 대로 자리에 앉았다. 그리고 여러 사람들에게 인사를 시켰다.

새로 온 사람이라고 여러 사람들은 절을 하다시피 반가워하였다. 저 구석에서 다섯 직째나 학질을 앓던 사람까지 일어나 인사를 하고 눕는다. 그들에게는 이 새로이 온 친구가 반가운 친구라고 하기보다도 다시없는 먹이였다.

그들은 새로 온 사람의 노잣냥 남은 것을 노려서 그것으로 다만 한때라도 탁주 몇 잔, 육회 몇 접시를 토색하기 위하여 자기네의 갖은 아첨과 갖은 친절을 다하는 것이다.

어떤 사람은 동향 사람이라고 가까이 하려 하였다. 또 어떤 사람은 동성동본이라고 친절히 하였다. 또 어떤 사람은 어려서 자기 아버지와 형근의 아버지와 친하였다고 세교라고 늦게 만난 것을 한탄하였다.

이래서 형근은 처음 이 움 속에 들어올 적에 느끼는 환멸이 어느덧 신뢰하는 마음과 이상과 기쁨으로 가득 차 버렸다. 그날 저녁에 노잣푼 남은 것으로 그 근처 선술집에서 두서너 사람과 탁주를 먹으며 편지하던 친구에게 물었다.

"자네는 그동안에 돈 좀 모았나?"

"아직 모으지는 못하였네. 그러나 인제 수 생길 일이 있지."

친구는 당장에 수만금 재산을 한 손에 움켜쥘 듯이 말을 하였다. 그것도 그럴 것이 그는 아직까지도 황금 덩어리가 멀지 않은 장래에 자기 손목에 아니 들어올 리가 없으리라고 생각하는 까닭이다.

"설마 천리타향까지 나왔다가 맨손 들고 들어가겠나? 지금은 좀 고생이 되지마는 그래도 잘 부비대기를 치면 돈 몇 백 원쯤이야 조반 전에 해장하기지."

형근은 또 가슴속이 든든해지며 이번에는 걸쭉한 막걸리는 그만두고 입 가볍고 상긋한 약주를 청하였다.

"그러나저러나 여러 형님네가 저를 위해서 어떻게 힘을 좀 써 주셔야겠습니다. 형님들은 저보다야 경험도 많으시고 또 그런데 길도 좋으실 테니까요."

형근은 눈이 거슴츠레해서 안주를 들며 말을 하였다.

"아따, 염려 마시우. 내나 그 형이나 이런데 와서 서로 형제나 친척같이 생각할 것이 아니오."

그중에 머리 깎고 지까다비(地下足袋; 작업화) 신고 행전 친 노동자가 대답을 하였다.

"그럼 저는 형장만 꼭 믿습니다."

"글쎄 염려 말아요."

그날 저녁 그는 여러 가지 진기한 것을 보았다. 번화한 시가도 보고 또 술 파는 어여쁜 계집도 보았다. 그리고 여기서 쓰는 말이며 습속을 배웠다.

그는 어리둥절한 가운데에도 속이 느긋하고 만족하여 그대로 하루 저녁을 그 움 속에서 자고 났다. 그는 고린내 나는 발이 자기 코 위에 올려 놓이고 허구리를 장작개비 같은 발이 디리질러도 그것이 화가 나지 않고 그 여러 사람을 오히려 동정하고 불쌍타 하는 생각을 가

졌었다. 이들도 지금에는 이렇게 고생을 하지마는 나중
에는 모두 돈들을 벌어 가지고 고향으로 돌아가면 호강
할 친구들이라고 생각하였다.

그 이튿날 새벽 다섯 시가 되더니 그와 같이 자던 사
람 중에서 서너 사람은 눈을 부비고 어디로인지 가는 것
을 보았다. 그는 어제 자기가 올 적에도 보지 못한 사람
이요, 또는 어느 틈에 들어왔는지도 알지 못하는 사람
들이었다. 그가 나갈 적에 누가 한 사람 인사하는 일도
없고 눈 한 번 거들떠보는 사람도 없었다.

그들이 나갈 적에 부산한 바람에 옆엣사람들이 잠을
깨었다가 그들이 다 나가는 것을 보고,

"간나웨자식들, 나가면 곱상스리 나갈 것이지."

하고 투덜대는데 그의 눈은 무서웠다. 마치 됐다 만
나자는 원수를 벼르는 것 같았다. 형근은 그것을 보고
그와 눈이 마주칠까 보아서 눈을 얼핏 감고서 아무리 생
각하여 보아도 그러할 리가 없었다. 자기에게는 그렇게
친절히 하던 사람들로는 결단코 하지 않을 일이었다.

그는 그 노동자의 질투를 몰랐으므로 이런 의심을 품
었으나 누구든지 이러한 사회에 있으면 그렇게 험상스
럽게 될 수 있을 것을 몰랐던 것이다.

그가 다시 실눈을 뜨고 방 안을 슬그머니 둘러볼 적
에는 젖뜨려 놓은 싸리 거적문으로 아침 해가 붉은 빛
을 띠고 들이비치는데, 그 해가 비치는 거적 위에서는

아까 그 불량한 노동자가 코를 땅에다 대고 코를 고는 바람에 땅바닥의 먼지가 펄썩펄썩 일어났다.

아침에 일어나자 어저께 그 지까다비 신고 각반을 쳤던 노동자가 형근을 깨웠다.

"세수하시우."

그는 세수 옹배기에 물을 떠서 움 밖에 놓았었다. 형근은 황송하고 고맙다는 말을 하고 세수를 하였다. 그리고 아침 먹는 곳을 물었다.

"나만 따라오시우."

형근은 자기 친구(편지한 친구)를 찾으려 하였으나 그자의 수선 바람에 그대로 끌려갔다.

술집에 가서 해장술에 술국밥을 먹었다. 시골서는 먹어 보지도 못하던 것인데 값도 꽤 싸다 하였다. 물론 돈은 형근이가 치렀다. 인제는 주머니밑천이라고 은화 이십 전 하나 하고 동전 몇 푼이 남았을 뿐이다. 그러나 그는 내일은 일 구멍이 생기겠지 하였다.

돌아오는 길에 그자는 형근의 행장에 무엇이 있는가 물어보았다. 그는 조선 무명 홑옷 두 벌과 모시 두루마기 두 벌과 삼승 버선이 한 벌 있다 하였다.

그것은 자기 집안이 풍족할 때 자기 아버지가 장만하여 두고 입지 않고 넣어 두었던 것을 이번에 아내가 행장에 넣어 주었던 것이라 그것이 그에게는 다시없는 치장이요, 또는 문벌 자랑거리였다. 그자는 그 말을 듣더니 코웃음을 웃으면서 형근을 비웃었다.

"그까짓 것은 무엇에 쓴단 말이요, 여보!"

형근이 자기 속으로는 무척 자랑 삼아 말한 것이 당장에 핀잔을 받으니까 무안하기도 한 중에 또 이상스럽고 놀라왔다. 이런 곳에서는 그런 것쯤은 반푼어치의 값이 없나 보다 하는 생각을 하니까 자기의 말한 것이 창피하기도 하고, 이제는 자기가 무슨 사치하고 영화스러운 생활을 할 수 있게 되었나 보다 할 때 즐거웠다.

그날 저녁에 형근은 지까다비 신은 사람에게 끌려왔다. 그가 저녁을 같이 먹으러 가자 하면서 끝엣말에다가,

"내가 한턱 씀세."

하였다. 형근은 막걸리 서너 잔에 얼근하였다. 두 사람이 술집에서 나와서 서너 집 지나오다가 그자는 형근을 툭 치며,

"여보, 일 구녕 뚫어났쇠다."

"어디요?"

"허허, 그렇게 쉽게 알으켜 주겠소? 한턱 쓰소."

형근은 좋기는 좋지마는 한턱 쓰라는 데는 아무 말도 하지 못하고 다만,

"허허."

하고 반벙어리처럼 한탄 비슷한 대답을 하였을 뿐이다. 그런즉 이런 어리보기쯤이야 하는 듯이 두서너 번 까불러 보다가 그자가 미리 묘책 하나를 알려 주었다.

그들은 공연히 빙빙 장거리를 돌면서,

"그렇게 합시다. 그까짓 것 무슨 소용  있소. 땀 한 번 배면 고만일걸. 돈푼이나 수중에 들어오면 양복 한 벌을 허름한 것 사 입어요. 그러면 더럼 안 타고 오래 입고 어디 나서든지 대우 받고 좀 좋소? 여기서 조선 옷 입는 사람이야 헐 수 할 수 없는 사람들이나 입지, 노형 같은 젊은이가 뭘 못해 본단 말요. 그렇게 합시다."

형근은 그자의 말대로 곧 귀를 기울일 수는 없었다. 일이 너무 크고 자기의 이성으로는 판단하여 결단하기가 대단히 어려운 까닭이다.

그는 이럴까 저럴까 난처한 생각으로 다만,

"글쎄요, 글쎄요……."

하기만 하며 둥싯둥싯 그자의 뒤만 따라다녔다. 그러니까 그자는 화를 덜컥 내며,

"여보, 이런 데 와서는 매사에 그렇게 머뭇거리다가는 안 돼요. 여기가 어떤 덴데 그렇소, 엥? 난 모르오. 엑, 맘대로 하시오."

하고 홱 가 버리려 하니까 형근은 약한 마음이 하는

수 없이 그자를 다시 불러,

"그렇게 역정이야 낼 것 무엇 있소. 좋을 대로 하십시
다그려."

"글쎄, 좋을 대로 누가 하지 않는댔소. 노형이 자꾸
느리배기를 부리니까 그렇지."

옷을 팔았다.

형근은 친구에게 끌려서 어떤 앉는
술집으로 들어갔다. 그 친구가 두루마
기 판 것을 자기 손에 쥐어 줄 줄 알았
더니 그것도 그렇게 하지 않고 첫걸음
에 가는 곳은 이화(梨花)라는 여자가
술을 파는 내외 술집이었다.

"나만 따라오시우. 내 어여쁜 색시 구경을 시켜 줄 터
이니!"

어깨가 으쓱하여지며 두 눈을 찡긋찡긋하는 그자의
뒤를 따라가며 어여쁜 색시라는 말을 들으니까 속으로
는 당길심도 없지 않았으나 첫째, 노는계집 옆에를 가
보지 못한 것은 말할 것 없고, 그런 종류의 여자라면 겁
부터 집어먹을 줄밖에 모르는 그는 가슴이 두근두근하
여질 뿐이다.

"이런 데를 오면은 계집 다루는 것도 배워야 합니다."

형근이 쭈뼛쭈뼛하는 것을 보고 그자는 속으로 '네가

아직 철이 안 났구나!' 하는 듯이 코웃음 섞어 말을 하였다.

형근은 그래도 속에는 빳빳한 맛이 있어서 그자에게 멸시를 당하는 것이 창피도 하고 분하기도 하나 사실 뻗딩길 자신도 없었다. 그는 그저 우물쭈물하며 그 뒤를 따라갈 뿐이다. 그렇지만 따라가기는 하면서도 몹시 조심이 되고 조마조마한 생각이 나며 자기 몸에 창피한 곳이나 없나 하는 생각이 나서 걱정이었다.

마루 앞까지 서슴지 않고 들어선 그자는,

"여보, 술 파우!"

하고 소리를 높여 제법 의젓하게 주인을 부르더니 서투른 기침을 하였다.

안방에서는 여러 사람들이 술이 취하여 장거리의 장꾼들처럼 제각기 떠들다가 그 소리에 떠들던 것까지 뚝 그쳤다.

그 왁자지껄하던 남자들의 거친 목소리를 좌우로 물결 헤치듯이 좍 헤치고 복판을 타고 나오는 연한 목소리는 주인의 목소리였다.

"네, 나갑니다."

이 소리를 듣더니 그자의 눈은 끔뻑하여졌다. 그러더니 형근을 한 번 본 후에,

"이거 손님이 왔는데도……, 아무도 없소?"

하고 짐짓 못 들은 체하고 이번에는 더 높은 소리를

질렀다.

"나갑니다."

하고 그 여자는 소리를 질렀다. 그러더니 문이 열리며 그 여자의 치맛자락이 문에 스치며 나오는 것이 보였다.

"어서 오십시요, 저 건넌방으로 들어가시지요."

형근의 눈에는 머리를 치거슬러 빗어 왜밀 칠을 하여 지르르 흐르게 하고, 횟박 쓰듯 분을 바르고 값 낮은 연지를 입에다 칠하고 금니 한 이 사이에서 껌을 딱딱 씹으며 나온 이화라는 여자가 몹시 아름답게 보일 뿐 아니라 지투신은 버선까지 유탕한 마음을 일으키게까지 하였다.

그자는 이화라는 여자를 보더니,

"오래간만일세그려! "

하며 그 손을 잡았다. 그것은, 나는 이렇게 이런 이화 같은 미인과 능히 수작을 하며 손목을 잡을 만한 자격과 수단이 있다는 것을 지형근에게 자랑하고 싶었던 것이다.

"글쎄요."

이화라는 여자는 아무렇지도 않은 머리를 다시 만지면서 '마뜩치 않게 네가 웬 허게냐.' 하는 듯이 시답지 않은 어조로 대답을 하여 버렸다.

"그런 게 아니라 이 친구허구 술이나 한잔 나눌까 해

서 왔지."

연해 생색을 내려고 하면서 이화에게 아첨을 하려는 듯이 쳐다본다.

"어서 건넌방으로……."

두 사람은 건넌방으로 들어갔다. 그 자는 슬그머니 형근을 보더니,

"어떻소? 괜찮지? 소리 한 번 시킬 터이니 들어보시우."

상을 들고 이화가 들어왔다. 형근의 눈에는 내외 술집에서 한 순배에 사오 십 전 하는 술상이 얼마나 풍부하고 진미인지 몰랐다.

그는 어려서 자기 집이 상당한 재산을 가지고 지낼 적에도 이러한 음식을 자기 앞에 차려 주는 것을 먹어 본 일이 없었다.

그는 구미가 동하기보다는 덜컥 가슴이 내려앉았다. 이 비싼 술값을 어떻게 치를까? 그는 속이 초조해지면서 겁이 났으나 나중으로 그자를 믿었다는 것보다는 내가 아니, 너 알아 하겠지 하는 마음이 나기는 났으나 그래도 속이 편치는 못했다.

우선 술잔이 자기에게 돌았다. 형근은 마치 남의 집 부인을 보는 것 모양으로 그 여자를 바라보지 못하다가 술잔을 들면서 바로 보았다.

형근은 그 술 붓는 여자를 이제야 비로소 똑바로 보

앉다 하여도 거짓말이 아니었다.

형근은 그 여자를 보고 마치 뜻하지 아니한 곳에서 뜻한 사람을 만난 것같이 놀라지 아니치 못하였다. 반갑다 하면 반가운 일이요, 괴변이라 하면 이런 괴변이 또 어디 있으랴.

그 여자는 형근의 고향에서 한 동리에 자라난 여자다. 그래도 행세깨나 한다고 하여 어려서부터 규중에 들어앉아 배울 것이란 남겨 놓지 않고 배우고 읽힐 것이란 모조리 읽히더니, 불행히 그가 열세 살 되던 때 아버지가 돌아가고 홀어미 혼자 그 딸을 길러오는데 본시 청빈한 집안이라 일가친척이 있기는 있지마는 인심이 점점 각박해짐을 따라 돌아보는 이 없으므로, 그 여자가 열네 살 되던 해 그 어머니는 딸을 데리고 자기 친정 오라버니를 따라갔다.

어려서 이웃집에 살았으므로 서로 보고 알아서 말은 서로 하지 않았으나 낯은 서로 익었었던 것이라 지금 보니 노성은 하였으나 어렸을 때 모습이 더욱더욱 분명히 나타난다.

그러나 만일 참으로 이서방 댁 규수라 하면 나를 몰라볼 리가 없는데 나를 보고 그래도 기척이라도 있었을 것이 아닌가.

그는 썩 감개가 무량해지면서 또는 기가 막힌다는 듯이 술상 귀퉁이에 고개만 숙이고 무슨 생각인지 정신없이 앉아 있었다.

같이 간 그자는,

"여보, 노형은 무슨 생각을 그리 하슈?"

하며 형근을 본즉 형근은 고개를 들다가 다시 이화를 한 번 보더니 그자를 보고,

"뭐 별로이 생각이라고는 하지 않소이다."

"허허, 그럼 왜 고개를 숙이고 계시단 말이요? 대관절 주인하고 인사나 하시우."

형근은 이런 인사를 해 본 일이 없으므로 속으로 몹시 조심을 하고 창피한 꼴을 당하지 아니하리라 하였다. 그래서 우선 속을 가다듬느라고 서투른 기침 한 번을 하였다.

솜씨 있는 이화의 통성명하는 것을 받아 어색한 형근의 인사가 있은 후 형근은 이화에게 고향을 물었다.

"고향이 어디슈?"

"······예요."

"그럼 ××동리 살지 않으셨소?"

"네."

"그럼 지○○댁을 아시겠소?"

"아다뿐예요. 바로 이웃에 살았는데요. 떠나온 지가 하도 오래니까, 지금도 여태 거기 사시는지요?"

"살지요. 그런데 당신 아버지가 당신 어려서 작고하셨지요?"

"네, 그런 것까지 어떻게 아세요?"

"알죠. 그럼 혹시 나를 못 알아보시겠소?"

이화는 한참이나 다시 자세히 들여다보더니 그래도 알아보지 못한 듯이 고개만 갸웃하고 있다.

"글쎄요. 퍽 많이 뵌 듯하지마는 생각이 잘 나지 않는데요. ××동리 사셨에요?"

"허허, 너무 오래 되어서 잊은 것도 용혹무괴(容或無怪)한 일이지마는 이웃에 살던 사람을 몰라본단 말이요? 내가 지○○의 아들이요."

이화의 눈은 동그래질 대로 동그래지며,

"네?"

하고 말이 안 나오는 모양이다.

형근도 자기 신세가 이렇게 된 것을 알리기가 부끄럽다는 듯이 말이 없이 앉았고, 그자는 둘이 안다는 것이 신기하다는 듯이 손뼉을 치며,

"아, 그래, 서로 알았던가? 그것 참 신소설 같군."

하는 두 눈에는 질투가 숨은 웃음이 어리었다.

"그런데 여기는 어째 오셨에요? 그렇지 않아도 처음부터 낯은 익어 보였으나 지주사이실 줄이야 꿈엔들 알았을 리가 있에요?"

"나 역시 그럴싸하기는 하지만 어디 분명치가 못하니까 속으로는 반가우나 말을 못한 거 아니오?"

형근은 세상을 몰랐다. 그가 고향에서 옛날에 알던 규수(지금의 창녀)를 만나 반갑기가 한량이 없었지마는 다시 생각하니 아니꼽고 고개를 내두를 만큼 더러웠다.

그는 옛날 일로부터 오늘 이 자리까지 이화라는 창녀의 신변을 두르고 싼 환경의 물질이 어떻게 어떤 자극과 영향을 주고 또는 질질 끌어다가 여기까지 왔는지를 해부하고 관찰하고 판단할 능력이 없었다. 그는 다만 단순한 직관과 박약한 추측으로 경솔한 독단을 내리어 인간을 평정(評定)하여 버릴 뿐이다.

이화가 오늘 이 자리에 앉아 있는 것도 그것이 다른 사회적으로 더 큰 원인이 있는 것은 생각할 여지도 없이 이화 자신이 말할 수 없는 잘못 죄악을 범행한 까닭으로 오늘 이렇게 된 것이라고밖에 생각지 못하였던 것이다.

그러한 관념으로 이화를 볼 때 형근의 눈에는 이화라는 창기가 옛날이야기에 나오는 음부, 독부로밖에 보이지 않았던 것이다.

그것을 생각하면 반갑던 생각도 어디로 가고 다만 추악한 생각뿐이 나서 그 자리에서 피해 가고 싶을 뿐만 아니라 여태까지 주저하던 맘, 차리려는 생각, 쭈뼛쭈뼛하던 생각은 어디로 가고 마치 죄인을 꿇어앉힌 것같이 우월감과 호기가 두 어깨와 가슴속에 가득할 뿐이었다. 그리고 창기인 이화를 꾸짖어 마음을 고쳐 주고 싶은 부질없는 친절한 마음까지 났다.

자기의 영락, 얼핏 말하면 타락은 어느 정도까지 당연한 일일는지 알지 못하나 첫째, 돈 많고 땅 많고 입을 것 먹을 것이 많던 지○○의 외아들이 철원 바닥에까지 굴러 와서 노동자 중에도 그중 엉터리하고 얼리어 한 순배에 사오십 전짜리 술을 사 먹으러 왔다는 것은 이화라는 여자가 얼핏 생각하기에는 그렇게 의외의 일이 없는 것이다.

자기가 이렇게 된 것을 그 사람에게 보이는 것도 부끄러운 게 아닌 게 아니지마는 그 부끄러움까지 지나쳐서 지○○의 아들의 일이 알고 싶지 않은 것도 아니었다.

술잔을 들고 의기 있게 자기가 계집을 기롱하는 솜씨를 보여 상대자를 위압하려던 그자는 두 사람이 서로 동향 친구라는 이유로 자기 같은 것과는 서로 말할 여지가 없이 이상한 감격과 비극적 분위기에 싸여 있는 것을 보고 자기도 그 분위기 속에 참가를 하든지 그렇지 않으면 그 분위기를 헤쳐 버리고 다른 기분을 만들어야 할 것을 깨닫고 말을 꺼내었다.

"아니, 고향 친구를 만났으면 고향 친구끼리나 반가웠지, 딴 사람은 술도 못 먹는담?"

재담 섞어 솜씨 있게 말을 한다는 것이다.

이화는 손님의 마음을 거슬리지 않으려고 억지로 웃

음을 웃어 마음을 가라앉혀 놓은 후,

"천리타향에 봉고인이라는 말이 있지 않아요? 조주사 나리는 공연히 그러셔. 그만한 것은 아실 만하시면서. 약주를 처음 잡숫는 것도 아니요, 세상 물정도 짐작하실 듯한데 이런 때는 왜 그리 벽창호야."

이화는 생긋 웃었다. 그 웃음 하나가 조화 부른 웃음이던지 소위 조주사의 마음도 희죽 풀어지듯 하였다.

"히히, 내가 벽창혼가. 이화하고 말이 하고 싶어 그랬지."

"말은 넌지시 하는 말이 비싼 말이라나? 손님도 계시고 한데 무슨 말을 한단 말이요."

"그럼 언제?"

"글쎄 물어봐서는 무엇을 하우, 뻔히 알면서……."

하고 웃음 섞인 눈으로 쨍그리고 본다.

"옳지, 옳지."

"글쎄, 좀 가만히 있에요. 옳지는 무슨 옳지야, 부종난 데 먹는 가물치는 아니고. 이 손님하고 이야기 좀 하게 가만있어요."

하고 고개를 형근에게 돌리려다가 잔이 빈 것을 보더니 조주사란 자에게 술을 권하였다.

"자, 약주나 드시우."

하고 잔이 나니까 다시 형근을 주면서,

"그런데 여기는 어째 오셨에요. 참 반갑습니다. 벌써 우리가 거기서 떠나서 외가로 간 지가 7, 8년 됩니다."

"그렇게 되나 보오."

형근은 자기도 모를 한숨을 쉬더니,

"나 여기 온 거야 말할 것까지 있겠소? 그런데 당신은 어째 이렇게 되었소?"

하며 동정한다는 듯이 눈을 아래로 깔았다. 이 소리를 듣던 조주사라는 자가,

"왜 어째서 그러쇼. 인제 얼마만 있으면 내 마마가 된다우."

하더니 혼자 신에 겨워서 허리를 안고 웃어댄다.

두 사람은 그 소리를 들었는지 말았는지,

"그동안에 제가 지내 온 이야기는 다해 무엇 하겠습니까? 안 들으시는 것이 상책이지요."

그의 얼굴에는 수심이 가득해지면서 목소리가 비통해진다.

"차차 두고 들으시면 아시지요."

하고 다시 고개를 숙일 뿐이다.

"그래도 어디 이런 기회가 자주 있겠소? 만난 김이니 이야기 겸 말해 보구려. 대관절 언제 이곳으로 왔소?"

하니까 조주사라는 자가 가로맡아 나오면서,

"온 지 벌써 반년이 되나? 그렇지, 아마?"

하고 말고기 설익은 것 같은 얼굴을 이화에게 가까이

갓다 대며 들여다본다.

"네, 한 반년 돼요."

이화는 고개를 그자 얼굴에서 비키면서 말을 하였다.

대여섯 잔이 넘어 들어간 술이 얼근하게 돈 조주사라는 자는 자기 얼굴을 피하는 이화를 뚫어지게 보더니 다시 제 손으로 자기 뺨을 한 번 탁 치며,

"왜 그래, 어때 그래? 사내 같지 않아? 얼굴에 뭐 묻었어? 왜 피해."

하고 왜가리같이 소리를 지르더니 다시 슬쩍 농을 쳐서,

"하하, 그럴 것 뭐 있나? 이런 놈도 있고 저런 놈도 있지. 잘못했네. 응, 그만두세."

"무얼 잘못했어요. 글쎄 아까 말한 것 있지, 우리는 너무 말을 하면 안 된다니까 그래요. 가만히 있어요."

"어떻게?"

"색시처럼."

형근은 우습기도 하고 또 심심치도 않아서 싱긋 웃다가 다시 이화를 보고,

"그 후에 외삼촌 댁에서 언제까지 지냈단 말이요?"

"한 이태 지냈죠."

"그 후에는?"

할 때 조주사라는 자가 잔을 들더니 소리를 지른다.

"술 좀 따라! 술 먹으러 왔지 이야기하러 왔나, 튀튀."

하고 침을 타구에 뱉더니 지형근을 보고,

"노형, 실례가 많소. 그렇지만 대관절 말씀이오, 술이나 자셔 가면서 이야기를 해야 할 것이 아니요. 이야기 안 하는 나는 어떻게 하란 말씀이오. 그렇지 않소?"

"그럴 듯한 말씀이오. 그럼 우리 약주를 자십시다. 오히려 내가 실례가 많습니다."

"아따, 천만에, 그럴 리가 있나요? 두 분 이야기에 내가 방해가 된다면 먼첨 가죠."

이번에는 이화가 두 눈이 상큼하여지며,

"온, 조주사도 미치셨소? 그게 무슨 말씀이오, 사내답지 못하게. 두 분이 오셨다가 혼자 가신다니 어디 가 보시우, 가 봐요. 가지 못해도 바보."

하고 입을 삐죽하였다. 조주사라는 자는 바로 일어서더니 모자도 들지 않고 문밖으로 나가려 하니까 이화가 본체만체하더니 슬쩍 뒷손으로 그자의 옷자락을 잡으며,

"정말요? 이거 너무 과하구려. 내가 미안하구려. 어서 들어오시우."

하며 일어서서 잡으니까 형근은 숫배기 마음에 가슴이 덜렁하다.

"이거 정말 노하셨소? 가시려거든 같이 갑시다."

하고 따라 나서려고까지 할 때,

"아니, 놔요, 놔. 그런 법이 어디 있담?"

"잠깐만 참으시우. 자, 들어와요."

조주사라는 자는 못 이기는 체하고 들어오더니 자리에 앉아 깔깔 웃으며,

"가기는 어디를 가, 모자도 안 쓰고……."

하며 술잔을 든다. 형근은 속은 것이 분하고 속힌 것이 밉살스러우나 어떻든 홀연해졌다. 이화는,

"정말 붙잡은 줄 아남? 한번 해 본 것이지."

이러는 서슬에 술이 얼마간 더 돌아갔다. 조주사는 이화에게 술을 서너 잔 권하였다. 이화는 별로 사양도 하지 아니하고 그 술을 받아먹었다.

형근의 머릿속에서는 이화라는 창녀가 마치 하늘에서 죄짓고 땅에서 먹구렁이 노릇을 하는, 옛날의 삼신선 중의 하나이나 마찬가지로 자기의 지은 허물로 말미암아 이렇게 하게 되었다고 해석할 수밖에 없었다.

옛날에 귀한 것, 깨끗한 것, 아름다운 것은 이화 자신의 잘못으로 다 썩어지고 오늘에 남은 것은 간악한 것, 음탕한 것밖에는 없으리라는 생각밖에 없었다. 즉 이화는 옛날의 △△의 딸의 죄악의 탈을 쓴 화신(化身)이다.

착한 자는 언제든지 착하고 악한 자는 언제든지 악하다. 그것은 날 적에 타고난 숙명, 즉 팔자다. 이것이 그의 인생관이다.

　그러므로 이화는 팔자를 창기로 타고났으므로 그는 언제든지 창기밖에 못 된다. 그의 가슴속에나 핏속에는 다른 것은 조금이라도 섞였을 리가 없었던 것이다.

　형근도 술기운이 돌면서 얼기설기하게 척척 쌓였던 감정이 흥분됨을 따라서 마치 초가집 장마 버섯 모양으로 떠올라 오기를 시작하였다.

　그는 자기가 아버지에게 듣던 것이나 마찬가지 교훈을 이화에게 하여 주고, 어른이 아이에게 친구가 친구에게 형이 아우에게 하여 주는 것 같은 책망과 충고를 하여 주고 싶었다. 말하자면 이웃집 부정한 처녀를 종아리 치는 듯한 심리로 이화를 보고 앉았다.

　"왜 당신이 이런 짓을 하고 앉았던 말이요?"

　형근은 젓가락 짝으로 상머리를 두들기며 엄연하고 간절한 말로 말을 하였다.

　"당신도 당신 아버지와 당신 집을 생각해야죠."

　형근의 말은 틀은 잡히지 않았으나 꾸밈이 없고 진실하고 힘이 있었다.

　"나는 이런 데서 당신을 보는 것이 우리 누이를 보는 것보다 부끄러워요."

　이화의 가슴속에는 대답할 말이 많았을 것이다. 그러

나 그는 말이 없었다. 그는 다만 그 말을 듣고 있었다. 방 안은 갑자기 엄숙하여졌다. 조주사라는 자는 처음에는 눈이 둥그레지더니 나중에는,

"힝."

하고 코웃음을 쳤다.

"언제든지 이 모양으로 있을 터이요? 그래도 어째서 마음을 고칠 수 없겠소?"

이화는 그 '마음을 고칠 수 없겠소?' 하는 소리를 듣고 형근을 기가 막힌다는 듯이 쳐다보았다. 그러더니 안타까움에서 나오는 눈물이 그의 두 눈에 진주같이 고였다.

조주사는 이화가 우는 것을 보더니 제법 점잖은 듯이,

"손님이 무슨 말씀을 하시면 잘 명심해 들을 것이지 울기는 무얼 울어!"

하고 덩달아 책망이다.

"돌아가신 아버님의 이름을 더럽히는 것도 더럽히는 것이어니와……."

하다가 형근은 이화의 눈에서 눈물이 흐르는 것을 보고는 말을 그쳤다. 그는 너무 큰 감격으로 인하여 자기의 감정이 찬지 더운지 알 수 없게 된 것 같았다. 그러나 그는 하던 말을 다시 이어,

"살아 계신 어머니 생각은 하지 않소?"

할 때 이화는,

"어머니는 돌아가셨에요."

하고 그대로 *꺼꾸러져* 운다.

형근은 이화가 우는 것을 볼 때 그는 놀랐다는 것보다도 기적을 보는 것 같았다.

그에게 눈물이 있었을 리가 있으랴. 자기도 자기 아버지가 돌아갔을 때 자기가 억제할 수 없는 눈물이 난 일을 당하여 본 일밖에 참으로 가슴속에서 펑펑 넘쳐흐르는 눈물을 흘려 본 일이 없었다. 자기 아버지가 돌아간 것이 자기로 보아서 세상에서는 가장 엄숙하고 비통하고 또는 위대한 사실인 동시에 자기가 그렇게 울어 보기도 아마 전에 없던 일이요, 또다시 없을 것이다.

그것은 지금이나 언제든지 그의 가슴속 깊이 깊은 인상으로 남아 있는 것이다. 그 인상은 때때로 자기에게 힘 있는 정열과 감격을 주어서 이상한 감정의 세례를 받는 때가 있다.

이화가 운다. 샘물을 손으로 막는 것처럼 막을수록 북받쳐 올라오는 울음은 형근의 가슴속으로 푹푹 사무쳐 드는 것 같았다.

울음은 모든 비극을 알리는 음악이니 형근은 이 비극적 장면을 볼 때 말할 수 없이 위대한 사실을 목전에 당한 것 같았다.

꼭 자기 아버지가 돌아갔을 적에 자기가 받은 인상이

나 별다름 없이 비통하고 엄숙하였다.

그는 까딱하면 따라 울 뻔하였다. 코도 벌룽거리는 것을 참고 눈에 눈물이 핑그르르 도는 것을 슴벅슴벅하여 참았다.

그러나 형근은 이화가 어째 우는지를 알지 못하였다. 옆에 있는 조주사라는 자는 이화의 어깨를 흔들면서 혀 꼬부라진 소리로,

"글쎄, 울지 말어. 내가 다 알어. 이화의 맘을 나는 다 안단 말야. 자, 고만두고 일어나요. 공연히 그러면 무얼 해?"

형근은 속으로 알기는 무엇을 안다누? 무슨 깊은 의미가 있나 하는 궁금한 생각이 나나 속으로 참고 여태까지 아무 말도 못하고 앉아 있다가 이화의 어깨를 조주사란 자 모양으로 흔들어 보며,

"글쎄, 울지 마쇼. 그만 그치쇼. 울지 말아요."

하였으나 들은 체 만 체하고 엎드려 울 뿐이다.

형근은 나중에는 민망한 생각이 나서 말이 없이 앉았으려니까 조주사라는 자는 일껏 흥취 있게 놀 것이 깨어져서 분한 생각이 나서 혼잣말처럼,

"울기는 왜 쪽쪽 울어, 재수 없게. 응? 쯧쯧."

혼잣말같이 중얼거리며 화증을 내고 앉아 있다.

얼마 있다가 이화는 일어서서 아무 말도 없이 얼굴을 외면하고 바깥으로 나갔다.

조주사란 자는 형근을 보더니 눈짓을 하며,

"고만 갑시다."

하고 입맛을 다셨다. 생각하니 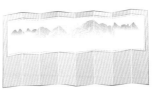 더 앉아 있어야 재미도 없을 것이요, 또 재미있게 하자면 주머니 속 관계도 있음이다.

형근은 이마를 기둥에 받은 듯이 웬일인지 알 수가 없어서 멀거니 앉았다가 그대로 고개만 끄덕끄덕하고,

"네."

하였을 뿐이다. 그렇지만 형근은 알 수가 없다. 어째서 창기인 이화의 눈에서 눈물이 났으랴?

얼마 있다가 이화는 손을 씻고 들어오며 머리단장을 다시 하였다. 조주사라는 자는 일어서며 셈을 하였다.

"왜 그렇게 가세요? 제가 너무 실례를 해서 그러세요?"

하며 미안해 한다. 조주사라는 자는 입에 달린 치사로,

"아니, 그럴 리가 있나. 다음에 또 오지."

하며 마루에서 내려섰다. 형근은 여전히 큰 수수께끼를 품고 조주사의 뒤를 따라내려 갔다. 조주사는 문밖에 나섰다. 형근이 마당에서 중문으로 나갈 때 이화는 넌지시,

"쉬 한 번 조용히 놀러 오세요."

하였다. 형근은 대답을 하는 둥 마는 둥 바깥으로 나

왔다. 조주사는 형근을 보더니,

"아주 재미없었소."

하며 입을 찡그린다.

형근은 재미가 있고 없는 것은 그만두고라도 이화의 눈물을 해석할 수가 없어서,

"대관절 이화가 왜 그렇게 울우?"

하고 물으니까 조주사라는 자는 손가락질을 하며 혀 끝을 채고,

"허는 수 없어. 으레 그런 계집들이란 그런 것이 아뇨? 아마 노형이 전에 잘 살았다니까 지금도 전 같은 줄 알고 그러는 게지."

"돈 먹으랴고?"

"암, 어떻게 그런 데서 구해나 줄까 하구 그러는 게 아뇨."

"구하다니요?"

"지금은 팔려 와 있지 않소."

형근은 조주사라는 자가,

"어디 잠깐 다녀가리다."

하고 샛길로 슬쩍 빠져 버리는 것을,

"꼭 다녀오시우. 기다릴 터이니."

하고 어슬렁어슬렁 술에 풀린 다리를 좌우로 내놓으며 큰길 거리를 지나갔다.

길가에는 전기등으로 휘황히 차린 드팀전, 잡화상, 더구나 자기의 평생 한 번 가져 보고 싶은 자전거가 수십 대 느런히 놓인 것이 어른어른하여 불 같은 호기심이 일어나서 그 앞에 서서 그것을 구경도 하다가 다시 돌아서며,

　"내 돈만 모으면 꼭 한 개 사서 두고 말 터이야."

　하며 그는 주먹을 쥐며 결심을 하고 머릿속으로는 자기 시골에서 때때로 자전거 타고 다니는 면서기를 보고 부러워하던 생각을 하였다.

　그는 혼자 자전거 공상을 하다가 그것이 어느덧 변하였는지 양복 입은 면서기가 되었다가, 다시 돈을 많이 가진 촌부자가 되었다가, 그러다가 발부리가 돌을 차는 바람에 다시 지금 철원 와서 노동하려는 지형근이가 되었다.

　그는 훗훗한 남풍이 빙그르 자기를 싸고도는 큰길을 지나 골목길로 들어서다가 어떤 촌색시가 지나가는 것을 보고 깜박 잊어버렸던 이화가 다시 눈앞에 보였다.

　그는 술기운이 젊은 피를 태우는 번뇌스러운 감정 속에 그 이화를 다시 생각하였다.

　"조주사 말이 참말이라 하면 이화에게도 어딘지 사람다운 데가 남아 있었던 것이지. 그러나 만리타향에서 옛 사람을 만났지만 시운이 글렀으니 낸들 어찌하나?"

하며 개탄하는 맘으로 얼마를 걸어가다가,

"그러나 누가 창기 여자의 울음을 곧이 생각한담. 모두 못 믿을 것이지."

바로 세상 경험이 풍부한 사람처럼 점잖게 결정을 하고 앞에 누가 있는 사람처럼 고개와 손을 내흔들었다.

그는 움에 왔다. 옆에 무성한 풀 냄새가 움을 덮은 진흙 냄새와 함께 답답하게 가슴을 누른다.

노동자들은 웃통 아랫도리를 벗은 채 거적때기들을 깔고 즐비하게 드러누워서 혹은 코를 골기도 하고 혹은 돈 타령도 하고 혹은 두 다리를 모으고 앉아 단소도 분다. 한 모퉁이에는 고춧가루를 태우는 것같이 눈을 뜰 수 없는 풀로 모깃불을 놓았다.

그는 여러 사람 있는 틈을 지나갔으나 자기를 보고 아는 체하는 사람이 드물었다. 그중에 키 크고 수염 많이 나고 얼굴 검고 눈이 부리부리한 사람이,

"허허, 대단히 좋으시구려. 연일 약주만 잡수시니. 조주사만 친구고 우리 같은 사람은 친구가 못 된단 말요? 그런 데는 따돌리고 다니니. 허, 젊은 친구가 그런 데 맛을 붙여서는……."

빈정대는 어조로 말을 하니 형근은 갑자기 할 말이 없어서 주저주저 어색하다가,

"잘못됐소이다."

하였으나 맨 나중에 '젊은 친구가' 하고 누구를 타이르는 것 같은 것이 주제넘은 것 같아서 혼자 속으로 알아 두었다.

그는 바깥에 좀 앉아서 여러 사람들과 이야기나 할까 하는 생각이 있었으나 그자의 말이 비위를 거스르므로 그대로 움 속으로 들어가기로 하였다.

움 속은 흙내에 사람의 땀내, 감발에서 나는 악취가 더운 기운에 섞여서 일종의 말할 수 없는 냄새를 낸다. 즉 여우의 굴에서 노린내가 나는 것같이 사람 중에서도 노동자 굴에서 노동자 내가 나는 것이다.

그는 불과 몇 마장 떨어져 있지 않는 이화 집과 지금 자기가 들어온 이 움 속과의 차이가 너무 현저한 데 아니 놀랄 수가 없었다.

이화는 일개 창부다. 자기는 그래도 그렇지 않은 집 자손으로 힘들여 돈을 벌려는 사람이다. 그 차이가 너무 과한 데 그는 의혹이 없지 않았다.

그가 더듬거려 움 안으로 들어갈 때,

"어디 갔다 오나, 여태 찾았지."

하고 나서는 사람은 자기 동향 친구였다.

"난 길이나 잊어먹지 않았나 하고 한참 걱정을 하였네그려. 그래서 각처로 찾아다녔지. 대관절 저녁이나 먹었나?"

형근은 웬일인지 이화의 집에 갔었단 말을 하기가 부

끄러웠다. 그는 그 말을 하면 동향 친구가 반드시 자기를 꾸짖을 것 같고 또 이화의 집 갔던 것이 더구나 옷을 팔아서까지 갔었다는 것은 말할 수 없이 분수에 넘치는 경솔한 짓 같았다.

그래서 그는,

"나는 또 자네를 찾았다네."

처음으로 속에 없는 거짓말을 하였다.

"조주사가 한잔 낸다고 해서……."

잠깐 말을 입속에다 넣고 우물우물하다가,

"그래서 또 한잔 먹지 않았나. 자네하고 같이 가지 못한 것이 대단히 미안한데마는 어디 있어야지……."

동향 친구는 형근의 말에 거짓이야 있을 리 없으리라 믿는 듯이,

"인제는 고만 다니게. 여기가 어떤 덴 줄 아나? 조주산지 그자하고 다니지 말게. 사람 사귀기도 몹시 어려우이."

형근은 실쭉해지며 말이 없었다. 속으로 생각에 대체로는 그 친구 말이 옳은 말이지마는 조주사 같은 친구와 사귀지 말라는 데는 도리어 동향 친구에게 질투가 있는가 하여 적잖이 불목이 있었으나 말로는 나타내지 않았다.

그는 말이 없이 한 귀퉁이를 부비고 드러누웠다.

일부러 눈을 감아 오지 않는 잠을 청하나 찌는 듯이

무더운 기운이 코 속에 꽉 차서 잠은 오지 아니하고 답답한 생각에 마음이 바깥으로 나간다.

그는 지금 돈 아는 동물들이 늘비하게 드러누워 있는 곳에서 생각은 이화에게서 멀리 하여지지 아니한다. 그는 어두움 속에서 끊이는 듯 이으는 듯 애소하는 듯 우는 듯한 단소 소리가 움 밖에서부터 청아하게 이 움 속으로 흘러들어와 자기의 몸과 혼을 스치고 지나갈 때 그의 피는 공연히 타는 것 같아서 마음을 어찌할 수 없었다.

그는 고요한 꿈에서 소요하는 것같이 흐르는 듯하고 녹은 듯한 정조에 잠길 때도 있다가, 또는 미쳐 날뛰는 파도 위에 한 조각 배를 띄우듯이 무섭게 흔들리는 정열에 마음을 어떻게 진정해야 좋을지 알지 못하기도 하였다.

그는 하는 수 없이 일어섰다. 몸을 털고 나왔다. 그는 움을 뒤에 두고 들로 나왔다가 뒷산으로 올라갔다가 다시 내려왔다가 앉았다가 섰다가 하였다.

하늘에는 별이 총총하고 풀에는 이슬이 다락다락하였다.

이튿날 아침에 해가 동산에 솟았다. 생명 있는 태양이다. 언제든지 절대의 뜨거움과 광명으로 싼 생명을 가진 태양이다. 태양이 없는 곳에서 생명이 없다.

구릿빛 햇발이 온돌방을 비추고 그것이 또한 거짓이 없고 편협함이 없이 이 구더기 같은 노동자들이 모인 곳에 그의 생명의 빛을 비추어 주었다.

형근은 일어나던 맡에 세수를 하였다. 그는 세수를 하고 아침 안개가 낀 너른 벌판을 내다보고 호호탕탕한 기운을 모조리 들이마실 듯이 가슴을 벌리고 숨을 들이마셨다. 그는 또 한 번 너른 들에서 이삭이 패어 가는 벼 위에 가득히 내리쪼인 햇볕이 눈부시게 반사하는 것을 보고 알 수 없는 기운이 자기 몸에 가득 차는 것 같아서 두 팔을 들었다 놓았다 하였다.

형근은 여러 사람들과 모여 앉아서 밥 되기만 기다리고 있었다. 노란 조밥을 사기 사발에 눌러 담고 그 위에 외지 한 쪽씩 놓거나 그렇지 않으면 무쪽 두 개씩 놓는 것이 그들의 양식이니 그나마 잘못하면 차례가 못 가거나 양에 차지 않아서 투덜대게 되는 것이니, 형근의 신조는 어떻든 이런 곳이나 이런 밥을 달게 여기고 부지런히 일만 하고 얼마만 신고(辛苦)하면 그만이라고 스스로 위로하였다.

형근도 남과 같이 밥을 기다렸다. 어저께와 그저께 같이 술을 먹고 지내던 두서너 사람도 옆에 있었다.

그러나 그들은 수상스럽게 자기를 두서너 번 쳐다보더니,

"여보슈!"

하고 말이 공손해졌다.

형근은 따라서,

"왜 그러시우."

하였다. 세상 사람도 모두 자기같이 은근하고 친절하였다.

"미안한 말씀이지마는 돈 가지신 것 있거든 이십 전만 취하실 수 없겠소?"

형근은 그 말하는 사람보다 자기가 더욱 미안하고 얼굴이 붉어지는 것 같았다. 자기가 남더러 돈 취해 달랠 적 모양으로 그도 무안하리라 하였다.

그래서 그는 주머니를 뒤졌다. 형근은 어저께 술집에서 남은 돈 이십 전이 있는 것을 생각하고 서슴지 않고 내주었다.

"예, 여기 이십 전이 남았구려. 자, 옛소이다."

하고 신기하고 즐거운 마음으로 꾸어 주었다. 속으로는 이따가 주겠지 하였다. 그 사람은 그것을 받더니,

"고맙소이다. 이따 저녁에 갚으리다."

하고는 옆엣사람과 수군거리며 저리로 가 버린다.

형근은 한참이나 앉아서 기다리려니까 배가 고파 왔다. 그리고 여러 사람들을 보니까 그들도 일하러 가는 사람 같지는 않게 배포 유하게 앉아서 이야기들을 한다. 한옆에서는 어떤 자가 다른 어떤 사람더러 5전짜리 단풍표 담배 한 개를 달라거니 안 주겠거니 하고 싸움이

일어나서 부산하다.

조금 있더니 동향 친구가 왔다.

"여보게, 밥이 다 되었네. 밥 먹으러 가세."

하며,

"밥값이나 있나?"

하였다.

"밥값이라니?"

형근은 눈이 둥그레졌다.

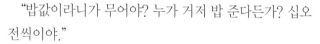

"밥값이라니가 무어야? 누가 거저 밥 준다든가? 십오 전씩이야."

형근은 기가 막혔다. 오던 날부터 그저 모든 것을 다른 사람들에게 밀어 맡기면 될 줄 알았고, 또 그자들도 염려 말아, 염려 말아, 하는 바람에 정신없이 지내다가 이십 전까지 아침에 빼긴 것을 생각하니 허무하다.

"밥은 일일이 사서 먹나?"

"그럼. 누가 밥값까지 낸다던가? 어림없네."

동향 친구는 그래도 주머니에 돈이 얼마나 남았을 줄 알고서,

"이거 왜 이러나, 어서 내게."

형근은 덜렁 가슴이 내려앉아서 동향 친구를 붙잡고 돈이 한 푼도 없는 이야기를 하였다.

동향 친구라는 사람은 친구라고 하느니 보다 형근 집에 은혜를 입은 사람이니, 같은 양반으로 형근네는 돈

푼이나 있고 할 때 그 친구의 아버지가 빚진 것이 있었으나 그것을 갚지 못하여 심뇌하는 것을 형근의 아버지가 알고 호협한 생각에 그대로 탕감을 해 준 일이 있다.

지금은 그 아들들이 서로 만났지만 선대의 일들을 서로 가슴속에는 넣어 둔 터이라 그 친구는 형근을 그리 괄시를 하지 않는다.

"그럼 가세."

그 친구와 밥을 먹었다. 그나마 형근은 신세 밥 같아서 먹고 나서도 몹시 미안하였다.

아침을 먹더니 그 친구가 형근을 보고 이르는 말이,

"누가 어디를 가자거나 일 구녕이 있다거나 도무지 듣지 말게."

하고 점심값을 주고 가 버렸다.

그는 공연히 왔다 갔다 하며 혼자 심심히 지낼 뿐이다. 조주사가 오늘은 꼭 올 터인데 어제 어디서 자고 아니 오노 하며 오정이 넘어 해가 두 시나 되도록 기다렸으나 오지 않았다.

그는 한옆으로 밥 먹을 구명이 얼핏 생겼으면 좋을 텐데 하는 걱정과 또 조주사나 왔으면 모든 것을 의논하여 보겠다 하고 기다리는 마음도 마음이려니와, 또 한 가지는 이화의 울던 꼴이 생각나고 또는 은근히 한 번 오라고 하던 말이 어떻게 박혀 들렸는지 잊을 수가 없다. 그나마 하룻밤 하루낮이 지나고 나니까 부쩍 마음이 그리로 키어서 못 견디겠다.

그는 앞산에 올라가서 이화의 집이라도 가리켜 보려는 듯이 부리나케 올라갔다. 그러나 서투른 눈에 복잡해 보이는 시가가 방위도 잘 알 수 없고 어디쯤인지도 몰라서 동에서 떴다가 서에서 지는 해만 공연히 쳐다보며 '동서남북'만 욀 뿐, 나중에는 고향이나 바라본다고 남쪽만 내다보다가 그대로 풀밭에서 멀거니 있다가 잠이 들어 버렸다.

잠을 깨고 나니 벌써 해가 서쪽에 기울려 하였다. 그는 무엇에 놀란 사람처럼 벌떡 일어나서 허둥지둥 움을 향하여 왔다.

그는 밥 먹을 시간이 늦은 것도 늦은 것이려니와 조주사가 일할 자리를 얻어 가지고 와서 자기를 찾다가 그대로 가지 아니하였나 하는 걱정이 있음이었다. 그는 때 늦은 찬밥을 사 먹고 옆엣사람들에게 물어보았으나 조주사는 다녀가지 않았다 하였다.

그렇게 지내기를 닷새가 넘고 열흘이 넘었다.

조주사라는 자는 장거리에서 한두 번 만났으나 코웃음을 치고 우물쭈물 얼렁얼렁하고 홱 피해 버릴 뿐이고 전과는 딴판이요, 동향 친구는 사람이 입이 무거워서 말은 아니 하지마는 그래도 기색이 좋은 기색은 아니었다.

그뿐 아니라 그 더운 염천에 그 지저분한 곳에서 여벌 옷 한 벌을 입고 지내려니까 온몸에서 땀내가 터지

게 나고 옷이 척척 달라붙어서 거북하고 끈적끈적하기 짝이 없다.

그는 비로소 사람 많이 사는 데 인심 강박한 것을 알았다. 아무도 자기를 위하여 힘써 주는 이 없고 더구나 서로 으르렁대고 뺏어 먹으려고 하는 것뿐인 것을 알았다.

그뿐 아니라 그는 지금까지 시골서는 양반이었고 행세하는 사람이요, 먹을 것은 없으나 그래도 한 군에서 누구라면 알아주기는 하였으나 지금 여기 와서는 지형근의 존재가 없다. 그뿐이면 오히려 예사이지마는 입을 것도 없고 먹을 것도 없어 남의 것을 빌어먹다시피 하는 사람이 된 것을 생각할 때 그는 자기가 불쌍하기보다도 웬일인지 가슴에서 무서운 생각이 날 뿐이다.

자기가 이화를 보고 그 계집이 창기가 된 것을 비웃었으나 그는 오늘에 거의 비렁뱅이가 된 것을 생각하고 눈이 아플 만큼 부끄럽지 않을 수가 없었다.

그러나 이곳에 온 지 열흘이 넘도록 그는 일이라고는 붙들어 보지를 못하였다. 자기뿐만 아니라 자기와 같이 잠을 자는 축에도 십여 명이나 그런 사람들이 있다. 그는 이상해서 하루는 물었다.

"당신들도 일자리가 없어서 노시우?"

그들은 서로 얼굴들을 보더니 그중 한 사람이,

"그렇소. 요새는 여름이 되어서 전황(錢荒)한 까닭에 일본 사람들이 일을 하지 않는다우. 그래 일자리가 퍽 드물죠. 그렇지만 가을만 되면 좀 괜찮죠."

"가을에는 일본 사람들이 돈을 풀어 놓나요?"

"풀다 뿐요? 작년 가을에도 여기 수만금 떨어졌소. 오죽해야 돈 소내기가 온다 했소."

형근은 다만,

"네에, 그래요?"

하고 말을 못했다.

"가을까지만 기다리시우. 그때는 괜찮으시리다. 저것 좀……."

하고 전찻길 깔아 놓은 걸 가리키며,

"저것 놓는 데도 돈이 산더미같이 들었소. 지긋지긋합니다."

형근은 그 말에 배가 불러서 공연히 좋았다. 속으로 가을만 되면 태산만큼은 그만두고라도 그 한 모퉁이쯤은 생기려니 하고 혼자 좋았다.

돈 생기는 생각만 하면 이화 생각이 난다. 이화 생각이 나면 이화 집에 가고 싶다. 젊은 가슴은 그림자를 붙잡으려는 듯한 부질없는 정열로 해서 애를 쓴다.

그는 밤중만 되면 이화 집 앞을 돌아온다. 갈 적에는 혹시 이화의 그림자라도 보았으면 하고 가기는 가지마는 어찌 그런 일에 그러한 공교로움이 있을 리가 있으랴.

갔다가는 헛되이 돌아오고 돌아올 때에는 스스로 다시 안 가기를 맹세한다. 맹세만 할 뿐이 아니라 이화를 멸시하고 욕하고 침 뱉었다.

그러나 그 이튿날이 되면 아니 가려 하다가도 자연히 발길이 그쪽으로 향하여져서 으레 허행일 것을 알면서도 다녀오지 않을 수가 없었다.

하루는 전처럼 그 집 앞을 지나다가 그 집을 기웃이 들여다보았다. 여간한 대담한 짓이 아니었다. 그는 발길을 돌이켜 누가 쫓아서 나오는 것처럼 머리끝이 으쓱하여, 나와서 집 모퉁이를 돌아서며 다시 한 번 훌쩍 돌아볼 제 마침 그 집에서 나오는 사람이 있는 것을 보았다.

그 사람은 다시 말할 것 없는 조주사였다. 형근의 얼굴에는 갑자기 질투의 뜨거운 피가 올라오더니 두 눈에서 번개 같은 불이 솟는 것 같았다.

만일 자기 손에 날카로운 칼이 있다 하면 당장에 조주사를 죽여 버리거나 그렇지 않으면 자기가 죽어 버릴 것 같았다.

그는 그날 종일 잠을 자지 못하였다. 그는 부질없이

몸에 힘이 오르고 엉터리없는 결심과 용기가 생기기 시작하였다.

그는 내일은 내 모가지가 달아나더라도 이화를 만나 보리라 하였다. 그러나 만나 볼 도리는 없었다. 자기의 주제를 둘러보면 부끄러운 생각이 날 뿐이요, 주머니에는 가을에나 들어올 돈이 아직 한 푼도 없다.

그는 눈을 감고 생각하였다.

'내 맘이 떴다.'

그러나 비행기를 탄 사람이 바깥을 보지 않고는 떴는지 안 떴는지를 모르는 것처럼 형근은 뜬 것 같기는 하나 또 그렇지 않은 것 같기도 하다.

혹간 냉정히 자기가 자기를 보려다가도 조주사가 생각날 적에는 그는 조주사는 볼지라도 자기는 볼 수가 없었다.

그는 돈을 얻을 도리를 생각하였다. 그러나 바위 위에서 물을 구하는 것이나 마찬가지였다.

빈궁은 죄악을 만든다는 말이 진리가 아니라고 할 사람은 없을 것이다. 형근은 무슨 분수 이외의 도리가 있다 하면 해 보지 않고는 못 배길 만큼 되었다.

그는 동향 친구를 또 생각하였다. 동향 친구는 그 동안 근근이 저축한 돈이 얼마인지는 모르나, 쇠사슬로 얽어 놓은 가죽 지갑 속에 있는 것을 일전에 무엇을 찾느라고 꺼내는 것을 보았다.

그는 처음에는,

'그렇지만 염치가 어떻게 돈까지 꾸어 달라노?'

하다가는,

'돈은 또 무엇에 쓰느냐고 하면 대답할 말도 없지.'

하고 눈을 끔벅끔벅하다가,

'그렇지만 내 말이면 제가 돈 몇 전쯤 안 취해 주지는 못하렷다.'

이렇게 혼자 궁리는 하나 맘뿐이요, 몸으로 할 것 같지는 않다.

그는 또 당장에 단념을 하여 버리는 것이 옳은 듯이,

'에, 고만두어라. 내 마음이 비뚤어 가기 시작을 하는 것이야.'

하고 툭툭 털고 일어나서 빙빙 돌아다녔다.

그날 저녁 동향 친구는 형근을 찾았다.

"여보게, 일자리가 생겼네."

하고 형근에게 달려들 듯하였다. 형근은 너무 의외의 일이라 가슴이 공연히 덜렁 내려앉더니 두근두근하며 손끝이 떨린다.

"어디?"

"글쎄, 이리 오게. 떠들면 여러 사람 와 덤비네."

"모레는 김화(金化)로 가세. 내가 오늘 거기 십장에게 자네 일까지 부탁을 하여 놓았으니까 염려 없네. 금전도 퍽 후하고 일도 그리 되지 않은 것이야."

형근은 좋은 소식은 좋은 소식이나 또는 마음 한 귀퉁이가 서운하다.

"김화?"

하고 형근은 눈을 크게 뜨며,

"여기서 꽤 멀지?"

하고 초연한 생각이 나타난다.

"무얼, 얼마 된다고. 한나절이면 갈걸."

두 사람은 모레 같이 떠나기로 약조를 하였다. 형근은 감사스러운 중에도 무정스러운 감정으로 공연히 마음이 가라앉지 않아서 허둥지둥 엉덩이를 땅에 대이지 아니하고 저녁을 먹었다.

저녁을 먹은 뒤에 그는 움 앞에 다시 앉았다. 이화는 다시 한 번 보지도 못하는구나, 하며 한숨을 쉬었다. 그러나 꼭 한 번 오라고 하였으니 의리상으로라도 한 번은 가 보아야 할 터인데……, 하다가 그대로 생각나는 것은 동향 친구 주머니 속에 있는 지전 조각이었다.

'내가 입으로 말을 할 수야 있나? 죽어도 그것은 할 수가 없지.'

말을 하는 입내만 내보아도 쭈뼛쭈뼛해지는 것 같다.

'인제야 일할 구녕이 생겼으니까 나중에 갚는 것도

걱정이 없어졌으니까.'

으쓱한 생각에 마음이 느긋하여졌다. 이화를 찾아가는 것도 그다지 부끄러울 것 없을 것 같았다.

'세상에 사람이 살아가려면 권도라는 것도 있는 법이지마는 나 같아서야 어디 살아갈 수가 있어야지……'

해가 넘어가고 날이 어둑어둑해지니까 공연히 마음이 처량해지면서 쓸쓸하다.

오늘 저녁이 아니면 내일 저녁밖에 없는데 하며 담배를 붙여 물고 한 바퀴 휘 돌아왔다.

와서 보니까 본시 술을 많이 먹지 못하는 동향 친구가 어디선지 술이 잔뜩 취하여 저쪽에다가 거적을 깔고 외따로이 누워 있다.

'이것이 웬일인가?'

하고 곁으로 가 보니까 그는 세상을 모르고 잔다.

그의 가슴은 웬일인지 무슨 예감을 받은 사람처럼 떨리더니 그의 머릿속에 번개같이 일어나는 충동이 있다.

마치 어여쁜 여자가 외로이 누운 그 곁에 선 젊은 남자가 받는 충동이나 마찬가지로, 주머니에 돈을 지닌 사람이 아무도 보지 않는 곳에 의식을 잃어버리고 누운 것을 본 형근은, 더구나 돈에 대하여 목전에 절실한 필요를 느끼는 그는 무서운 죄악의 충동을 느끼었다.

그러나 그는 그 찰나에 자기가 의식치 못하던 죄악의

충동을 일으킨 것을 깨달았을 때, 그는 이를 깨물며 주먹을 쥐고 울 듯이 고개를 내젓고 마음속 깊이깊이 뜨거운 후회로 자기를 깨달았다.

그는 그러한 마음을 한때라도 다정한 친구에게 일으킨 것이 그에게 대하여 무엇이라고 말할 수 없이 미안하였다.

그는 그를 잡아 흔들었다.

"여보게, 이슬 맞으면 해로우이. 들어가세."

목소리는 다정함으로 떨렸다.

"응, 응, 가만있어."

하며 다시 얼굴을 하늘로 두고 뒤쳐 드러누우며 그는 풀무같이 숨을 쉬면서 드르렁드르렁 코청이 떨어지듯이 숨을 쉬었다.

"이거 큰일 났군."

형근은 그래도 다시 가까이 가서 몸을 추스르려 할 때에 그 동향 친구의 지갑이 어디 들어 있는지 그것부터 먼저 보지 아니치 못하였다.

그는 동향 친구를 일으켜 겨드랑이를 부축하였다. 동향 친구는 세상을 몰랐다. 그러나 눈을 한 번 떠서 형근을 보더니 안심하는 듯이 다시 까부라졌다.

형근의 손은 그 동향 친구의 지갑에 닿았다. 그는 맥이 풀려서 지갑을 꺼내기는 고사하고 친구까지 땅에 떨어뜨릴 뻔하였다. 그는 다시 팔에 힘을 주어 움 속까지 그를 끌고 들어갔다.

바깥에서는 여러 사람들이 이 꼴을 보며 저희들끼리 떠들었으나 거들어 주는 자는 없었다. 그러나 움 속에 들어오니 아무도 없으므로 별로이 보는 이가 없었다.

형근은 그 컴컴한 움 속에서 그 친구를 든 채 얼마간 서 있었다. 내려놓지도 않고 눕히지도 않고 그는 무서운 시련의 기로(岐路)에서 방황하였다.

그는 눈을 한 번 감았다 뜨며 친구를 눕히는 서슬에 지갑을 뺐다. 그의 손은 이상한 쾌감과 함께 손아귀가 뿌듯한 것을 깨달았다.

그는 친구를 뉘고 달음박질해 나왔다. 그는 사람 적은 곳에 가서 그것을 열지도 못하고 한숨을 길게 내쉬었다. 그는 다시 시원한 가운데에서도 무서움을 품고 그것을 펴지도 못하고 열지도 못하다가 다시 저쪽으로 갔다.

그는 그대로 그것을 손에 움켜쥔 채 공연히 망설이다가 이화 집을 향하여 갔다.

그는 가는 길 으슥한 곳에서 그것을 펴 보았다. 그는 그것을 펴 보다가 마치 무슨 기운에 눌리는 사람같이 가슴이 덜렁하여지며 눈이 등잔만 해지더니 뒤로 물러서,

"에구."

하였다. 그의 손에는 시퍼런 십 원짜리 석 장이 묻어 나왔다.

"이건 잘못했구나."

그는 그대로 서서 오도 가도 못하였다.

자기가 요구하던 것은 그것의 몇 분의 1에 지나지 않는다. 이것은 보기만 해도 무서울 만큼 많은 돈이다. 그러나 이것을 지금에 도로 갖다 줄 수도 없고 또 그대로 있을 수도 없다. 그는 한참이나 떨리는 손을 진정치 못하다가 그대로 눌러 생각해 버렸다. 술 깨기 전에 갖다 주지, 그리고 쓴 것은 말을 하면 되겠지.

그는 마음을 억지로 가라앉히고 이화 집 문간에 왔다.

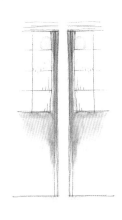

그는 전번에 왔을 적이나 별로이 틀림없는 수줍음과 두근거리는 마음으로 발을 들여놓았다.

그는 술을 청했다. 술을 청하는 것보다도 이화를 부르는 것이었다. 그러나 아래채 조용한 방에서 분명히 이화의 목소리로 소리를 하는 모양인데 나오지를 않고 다른 여자가 나와 맞았다.

방은 전에 그 방이다. 발을 늘여서 안에 있는 것이 바깥에서 보인다.

그는 기대가 틀어진 것에 낙심을 하고 어떻든 술을 청하였다.

그새 여자가 술상을 들고 들어오며 형근을 아래위로 훑어보더니,

"혼자 오셨에요?"

하였다.

"그럼 여러 사람이 다닙니까?"

그 계집은 손으로 입을 막고 웃었다.

"자, 드시죠."

"술도 급하지만 나는 이화를 좀 보러 왔소."

그 계집은,

"네?"

하더니 또 웃는다.

"저는 인물이 못생겼죠? 언제 적부터 이화와 가까우시던가요?"

형근은 자기는 좀 점잖이 말을 하는데 그 계집이 실없이 하니까 속으로 화는 나지만 위엄을 보일 수가 없다.

"이화가 어디 갔소? 잠깐 보자는 이가 있다고 하구려."

그 계집은 문을 열고 나가더니 온 집안이 다 들리게,

"이화 언니! 이화 언니! 당신 나지미 왔소. 어서 나오."

하며 땍때굴거리며 웃는다.

이화는 무슨 영문을 모르는 듯이 어떤 손님과 자별하

206 지형근

게 이야기를 하다가 문을 열고 고개를 내밀면서,

"무어야? 애가 왜 이래, 실성을 했나?"

하고 형근의 앉아 있는 방을 올려다보고는,

"응, 저이가 왔군."

싱겁게 혼잣말을 하고 다시 돌아앉으니까 함께 한방에 있던 젊은 사람(면서기 같은)이 마주 기웃하고 내다보더니,

"저것이 나지미야?"

하고 비웃는다.

"온, 이주사도. 아무렇기로 내가……."

할 때,

"글쎄, 꼭 봐야 하겠다니 좀 가 봐요."

하며 그 계집이 지근거린다.

"나를 그렇게 봐서 무엇을 한다더냐?"

하고 이주사라는 자의 눈치를 보는 것이 그의 눈앞을 조리는 모양이다.

"가 봐 주지, 그것도 적선인데. 내 앞이 되어서 몹시 어려워하는 모양이로군. 그럴 것 무엇 있나?"

"온, 말씀을 해두 왜 그렇게 하시우. 누구는 끈에 매 놓았습니까? 나 하고 싶은 대로 하고 지내지. 몇 십 년 사는 인생이라구."

"그러나 대관절 어떤 자야?"

"고향서 이웃집 사는 사람야."

이러는 동안에 형근은 아무도 없는 빈 방에 혼자 앉아 술상만 대하고 있으려니까 싱겁고 갑갑하고 역심이 나서 올 수도 없고 갈 수도 없다.

그뿐이면 고만이게. 이화라는 년은 다른 놈하고 앉아서 자기 방을 쳐다보는 것이 마치 창살 속에 넣어 놓은 청국 사람의 원숭이같이 대접을 하는 것 같아서 속으로 분하고 아니꼬운 정이 나며,

"천생 타고난 기질을 어떻게 하니? 창기는 판에 박은 창기년이다."

속으로 이렇게 중얼거리는데 자기 방 계집이 쭈르르 다녀오더니,

"심심하셨죠? 이화는
인제 옵니다."

하고 술을 따라 놓더니,

"과일 잡숫고 싶지 않으세요? 과일 좀 들여오죠. 이화도 오거든 같이 먹게요."

하더니 제멋대로 이것저것 들여다 놓고 먹어댄다.

아무리 기다려도 이화는 오지 아니한다. 여전히 아랫방에서 그자와 이야기를 하는 모양이다. 형근은 혼자서 술을 먹을 수가 없어서 그 계집과 서로 대작을 하였다. 그 계집은 어수룩하고 아직 경험 없는 것을 알아채고 어떻게 해서든지 형근의 주머니를 알겨낼 생각이다. 주제

를 보아서 아직 극단의 수단을 내놓지 않는다.

한 시간이 지나갔다. 형근은 다시 그 계집에게 이화를 불러 달라고 청을 하였다. 그 계집은 술잔이나 들어가더니 형근의 말을 안 듣고 요리 핑계, 조리 핑계 한다. 형근도 술잔이나 들어가니까 객기가 나지 않는 것도 아니다.

"가 불러 와."

그는 소리를 질렀다.

"싫소."

"왜 싫어?"

윗방에서 왁자하는 것이 자기 때문인 것을 알아챈 이화는 문을 열고 나왔다.

"어딜 가?"

면서기는 어느덧 술이 곤죽이 되어 드러누웠다가 이화의 치마를 잡았다.

"잠깐만 다녀올 테니 놓으세요."

"안 돼."

이화는 팩한 성미에 흉허물 없는 것만 믿고 치마를 뿌리쳤다.

"안 되기는 왜 안 돼요, 잠깐 다녀온다는데. 누가 삼십육계를 하나?"

면서기는 노했다. 그대로 일어섰다. 이화는 형근의 방으로 안 들어가고 안으로 들어가 버렸다.

술 취한 면서기는 다짜고짜로 형근의 방 발을 집어던졌다.

"이놈아! 이런 건방진 자식이, 술잔이나 먹으려거든 국으로 먹으러 다녀. 너 이화는 봐서 무얼 할 모양이냐? 상판 생긴 것하고, 그래도 무엇을 달았다고 계집 맛은 알아서. 놈 계집 궁둥이 따라다닐 만하다."

형근은 기가 막혀 쳐다볼 뿐이다.

"이놈아, 왜 눈깔을 오랑캐 뜨고 보니? 내 얼굴에 무엇이 묻었니? 에, 튀튀."

면서기는 침을 방에다 막 뱉는다.

"대관절 이화 어디 갔니? 응, 이화 어디 갔어?"

하고 호통이다.

온 집안 사람이며 술 먹으러 온 사람이 모여들었다.

이화는 이 소리를 듣더니 뛰어나오며 면서기를 달래고 형근에게 연해 눈짓을 하였다.

"글쎄, 이주사 나리. 이게 무슨 짓이요. 약주 취했소. 어서 저 방으로 가시우."

하고 이주사에게 매달리다가,

"대단 미안합니다. 점잖으신 이가 약주가 취해서 그러신 것을 서로 참으시지. 그렇죠? 어서 약주나 자시지요."

면서기는 그래도 여전히 형근을 보고 놀려댄다.

"이놈아. 네가 이놈, 노동자가 감히 누구 앞에서 이따위 짓을 해? 흥."

형근의 인습 관념에 젖어 있는 젊은 피는 끓었다. 그는 결코 자기가 노동자는 아니다. 양반의 자식이요, 행세하는 사람이다. 몸은 비록 흙 속에 파묻혔으나 마음과 기운은 살았다.

"무엇, 노동자!"

형근에게는 그 외에 더 큰 모욕이 없었다. 그는 면서기를 향하여 기운에 타는 두 눈을 부릅떴다.

"그래, 이놈아. 네가 노동자가 아니고 무엇야?"

"글쎄, 그만들 두세요. 제발 저 방으로 가세요."

하며 이화는 가운데 들어섰다. 형근은 이화를 뿌리쳤다. 그는 이화를 뿌리칠 때, '더러운 년! 갈보 년!' 하는 소리가 입으로 나오지는 아니하였으나 그의 온 전신을 귀퉁이 귀퉁이 속속들이 울리는 것 같았다.

형근은 이화를 뿌리치던 손으로 이주사라는 자의 따귀를 보기 좋게 붙이니까 그대로 땅에 나가 뒹굴었다.

"이놈 봐라, 사람 친다."

하더니 면서기는 웃옷을 벗고 덤비었다.

"어디 또 한 번 때려 봐라."

하고 주먹을 들고 덤비려고 사릴 제, 옆엣방에서도 툭 튀어나오고 대문에서도 쑥 들어서는 사람들의 눈은 햇

불같이 타면서 형근을 훑어보더니 다시 이주사를 보고,

"다치지나 않았소? 대관절 어찌된 일요? 말을 좀 하시구려."

옆에 섰던 이화도 말을 아니 하고 그 계집도 말이 없다.

"대관절 손을 먼저 댄 게 누구야?"

하며 형근을 보더니 그중에 구 척같이 키가 크고 수염이 더부룩한 자가 들어서더니,

"여보, 이 친구. 젊은 친구가 술잔이나 먹었으면 곱게 삭일 일이지, 누구에게다 손찌검하고……, 흥, 맛 좀 보련!"

하더니 넉가래 같은 손이 보기 좋게 따귀를 붙이는데 눈에서 불이 나며 입에서는 에구구 소리가 저절로 난다. 그는 아무 말 없이 볼따구니만 쥐고 있다. 그러려니까 연신 번갈아 가며 주먹과 발길이 들어오는데 정신이 아뜩아뜩하고 앞이 보이지를 않는다. 그는 에구구 소리만 지르면서,

"글쎄, 나는 잘못한 게 없습니다."

하고 빌어대면,

"이놈아, 잔말 말어. 너도 세상 맛을 좀 알아야 하겠다."

하고 한 대 더 붙인다. 옷은 갈가리 찢어지고 얼굴에서는 피가 흐른다.

이화는 후닥닥거리는 서슬에 마루 끝에 서서,

"여보, 박서방. 가서 순사를 불러오. 야단났소. 그저 그만두라니까 그러는구려."

할 때 형근은 순사라는 소리가 귀에 들릴 제, 그는 꿈에서 깬 것같이 정신이 났다.

'이화가 나를 순사에게!'

하고 얻어맞는 중에서도 온 기운을 다 내었다. 초자연의 기운은 그를 거기서 뛰어 여러 사람을 헤치고 문밖으로 뛰어나갈 수 있게 하였다.

그는 눈 딱 감고 뛰었다. 그러나 때는 늦었다. 문간에 나가자 그 집으로 들어오는 사람이 있었다. 그러나 형근은 그것도 못 보았다. 들어오던 사람은 형근을 보더니 재빠르게 뒤를 따랐다.

형근의 다리는 마치 언덕 비탈을 몰려 내려가다 다리의 풀이 빠진 사람처럼 곤두박질을 하였다. 그의 눈에는 아무것도 보이지 않고 집이나 사람이나 전기불이 별똥 떨어지듯이 휙휙 지나갈 뿐이다.

뒤에서는 여전히 따라왔다.

"도적야!"

달아나며 이 소리를 귓결에 들은 그는,

'응, 도적?'

'그러면 나를 쫓아오는 것이 아닌 게지.'

그의 머릿속에서는 자기가 지금 어째 도망을 하는지 그 본능은 있었을지언정 의식은 없었던 모양이다. 그러나 그는 다만,

'나는 도적이 아니다.'

하면서도 달음질을 여전히 하였다.

그는 어느덧 움 앞에 왔다.

그는 친구의 이름을 부르고 그 자리에 기진해 자빠져서 기운을 잃었다.

경관과 형사는 그놈을 뒤져 동향 친구에게 지갑을 보이고,

"당신이 찾던 것이 이것이요? 꼭 틀림없소?"

동향 친구는 눈이 뚱그레져서,

"형근이가 그랬을 리가 없는데요."

하니까,

"듣기 싫어. 물건을 찾으면 그만이지. 맞느냐 말야."

하며 경관은 흩뿌린다.

"네."

친구는 가까스로 대답을 하더니,

"그런 줄 알았다면 경찰서에도 알리지 않을걸."

하며,

"여보게, 형근이. 정신 차려. 일어나서 말이나 좀 하

지형근

세, 속 시원하게. 도무지 이게 웬일이란 말인가?"

하며 비쭉비쭉 운다.

형근은 아직까지도 깨지 못하고 그대로 누워 있다.

형근은 그날로 경찰서 구류간에서 잤다. 어려운 취조
가 끝난 뒤에 형근은 검사국으로 넘어갔다. 그 이튿날
신문에는 아래와 같은 신문 기사가 났다.

'○○○ 출생으로 철원군 ○○○리에서 노동을 하는
지형근(池亨根)(○○) 지난 ○월 ○일 자기 동향 친구의
주머니에 있는 삼십 원을 그 친구가 술이 취하여 자는
틈을 타서 절취하여다가 ○○ 이화라는 술집에서 호유
하다가 철원 경찰서 형사에게 체포되어 취조를 마치고
검사국으로 압송하였다더라.'

나도향 (羅稻香 1902~1926)

나도향의 본명은 경손(慶孫)이고 도향(稻香)은 호이다.

그는 1902년 3월 30일 서울에서 태어났으며, 1914년 기독교청년회관 안에 있던 공옥보통학교를 거쳐 1919년 배재고보(培材高普)를 졸업하고, 경성의전(京城醫專)에 입학했다가 일본으로 밀항했으나 학비를 마련할 길이 없어 귀국하였다.

1921년 《계명》에서 편집 일을 했고 1922년 홍사용·현진건·이상화·박영희 등과 함께 《백조》 동인으로 참여했다. 1922년 《백조》 창간호에 〈젊은이의 시절〉로 문단에 나온다. 그 뒤 1923년에 〈17원 50전〉, 〈행랑자식〉을 《개벽》에, 〈여이발사〉를 《백조》에 발표하면서 냉정하고 객관적인 자세를 보여 주었고 1925년에 객관적인 사실주의 경향을 보여 준 작품 〈물레방아〉, 〈뽕〉, 〈벙어리 삼룡이〉를 발표했다.

1925년 말경 공부하러 일본으로 건너갔으나 뜻대로 되지 않아 1926년 귀국했다. 그해 8월 26일 급성 폐렴으로 24세의 나이로 요절했다.

국어과 선생님이 뽑은

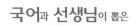

한국 문학 읽기
한국고전읽기
세계문학읽기